炎上案件

明治／大正

ドロドロ文豪史

山口謠司

集英社インターナショナル

はじめに

爽やかに、健やかに、明るく、元気に、他の人と衝突することもなく、生きられればどんなにか素晴らしいことだろう。心に、やましいことが欠片《かけら》もなく、青空が広がったように清々《すがすが》しい。

しかし、そういう理想を掲げて、自分の胸を覗《のぞ》き込むと、ヘタりこみたくなるような黒い影、身を隠したくなる深い穴が欲しくなるほどの恥ずかしさが満ちている。

理想と現実のギャップ、矛盾……文豪たちは、そうしたものを重く感じながら原稿用紙の升目を埋めていったのではないか。

本書では、彼らが使った言葉をひもときながら、その言葉を使わざるをえなくなった彼らの人生の一時期を紹介したいと思う。

人妻に惚れてしまう文豪、同性愛、先生の娘を自分の妻にしたいと思う作家、父との確執、兄弟間の行き違い、仲間を出し抜いたために誰にも相手にされなくなってしまう文学史に名を残す小説家など……みんな、好きで不幸を背負い込んだわけではなかった。

だけど、こうした出来事を通して、文豪たちは苦しみ、悶《もだ》え、文章を綴りながら彼ら自身の本質を露《あら》わにする。

ドロドロにならざるをえなかった文豪たちの知られざる一面を読みとって頂ければ幸いである。

二〇二〇年末

山口謠司《やまぐちようじ》

CONTENTS

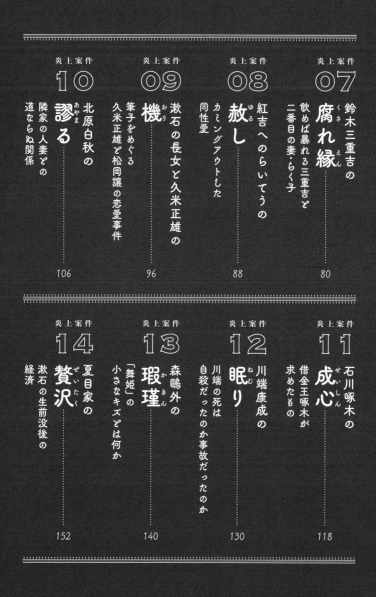

※本文中の引用文は読みやすさを優先し、新字体・新かなづかいに改め、
適宜、句読点やルビなどを補い、一部漢字をひらがなに換えました。

炎上案件　明治／大正　ドロドロ文豪史

炎上案件 / 01

太宰治の憤怒（ふんど）

見苦しいほどの功名心と金欠

——私は憤怒に燃えた。
幾夜も寝苦しい思いをした。
刺す。そうも思った。
大悪党だと思った

私は憤怒《ふんど》に燃えた。幾夜も寝苦しい思いをした。（中略）刺す。そうも思った。大悪党だと思った。

（太宰治「川端康成へ」）

「憤怒」の「憤」は心の怒りが火山のように爆発することである。また「怒」は、張り裂けるように強い緊張感で怒りが心に籠《こ》もることをいう。

太宰治《だざいおさむ》（一九〇九～一九四八）はなぜこんなに怒っているのか。

そしてこの時の「憤怒」の気持ちが、その後、太宰の名作を生み出していくこととなる。

＊

運命を分けた第一回芥川賞

第一回芥川賞が発表されたのは、昭和十（一九三五）年の八月のことだった。

受賞作は、石川達三《いしかわたつぞう》の「蒼氓《そうぼう》」だった。

この作品は新早稲田文学の同人たちが創刊した同人誌『星座』に、石川に無断で掲載されたものだった。

国民の口減らしのためにブラジル移民を促進する国策に対して、「仕方なしに外国へ奉公にやられる人々の悲しい現実」（「蒼氓」）を書いたものである。

「蒼氓」とは「人民」「民」を意味する言葉である。「蒼」は、「あお」い色を表すが、生い茂るように次々と生まれる無数の「民」をも表す。また「氓」にも「民」という字が見えるが、「亡」が附くことで、とくに「故郷を捨てて移住していく民」を意味する。次々と生まれては、故郷を失っていく可哀想な人たちという意味の言葉なのである。

ナチスドイツがニュルンベルク法でユダヤ人の公民権を停止し、国内では天皇機関説を唱える美濃部達吉《みのべたつきち》の著書が発禁になるなど、内外に次第に焦臭《きなくさ》さが漂い始めていた時期だった。

石川達三の「蒼氓」は、まさにこうした時代、国家権力への抵抗を文学として表現したもので、選考委員の久米正雄《くめまさお》、山本有三《やまもとゆうぞう》らが推して受賞が決まる。

さて、第一回芥川賞には太宰治の「逆行」も候補作のひとつに選ばれていた。

もし、芥川龍之介《あくたがわりゅうのすけ》の珠玉の短編を継承するものに「芥川賞」を与えるとすれば、石川達三の「蒼氓」より、太宰の「逆行」の方がそれに相応《ふさわ》しいのではないかと思う。

太宰の「逆行」には、深い淵の上に立って、虚無の闇を覗くような怖さが、無駄のない文章の間に漂っている。

しかし、「逆行」は、芥川賞を受賞することはなかった。

選考委員のひとり、川端康成《かわばたやすなり》は、芥川賞受賞者を発表した「文藝春秋」九月号に、「なるほど『道化の華《どうけのはな》』の方が作者の生活や文学観を一杯に盛っているが、私見によれば、作者目下の生活に厭《いや》な雲ありて、才能の素直に発せざる憾《うら》みあった」と書いた。

「道化の華」は「逆光」の参考作品として挙げられたもので、「生活に厭な雲」とは、太宰の自殺未遂と薬物依存を指摘するものである。

これを読んだ太宰治は、川端が、太宰の私生活の問題を理由に芥川賞受賞を邪魔したと考えたのだった。

「私は憤怒に燃えた。幾夜も寝苦しい思いをした。（中略）刺す。そうも思った。大悪党だと思った」と、太宰は文藝春秋社が出版する雑誌「文藝通信」十月号にこの「川端康成へ」を載せたのだ。

川端は、これに対する冷たい返事として、「太宰治氏へ　芥川賞に就て」を同誌十一月号に寄稿する。

「芥川賞決定の委員会席上、佐佐木茂索《ささきもさく》氏が委員諸氏の投票を略式に口頭で集めてみると石川達三氏の『蒼氓』へ五票、その他の四作へは各一票か二票しかなかった。これでは議論も問題も起りようがない。あっけない程簡単明瞭な決定である（中略）太宰氏は委員会の様子など知らぬと云うかもしれない。知らないならば、尚更《なおさら》根も葉もない妄想や邪推はせぬがよい。『生活に厭な雲云々』も不遜《ふそん》な暴言であるならば、私は潔《いさぎよ》く取消し、『道化の華』は後日太宰氏の作品集の出た時にでも、読み直してみたい」

この時、太宰は二十六歳だった。

どうしても受賞したかった理由

太宰は、芥川龍之介という作家を高校生の頃から敬愛していた。芥川賞が欲しいというのは、尊敬する芥川の文学性を自分こそが継承するのだという気持ちの表れでもあっただろう。

そしてもう一つ、賞金の五百円がどうしても欲しかったのだ。

現在の芥川賞の賞金は百万円であるが、当時の五百円は、現在の百万円の価値を大きく超えるものである。

この頃太宰は、実家からの仕送りでは生活できなくなっていた。この年の四月、腹膜炎の手術の際に鎮痛剤パビナールの注射を受けて以後、その依存症になって、お金がいくらあっても足りない状態だったからだ。授業料未納で、東京帝国大学文学部仏文学科を除籍になったのも、同年九月三十日のことである。

名誉としての芥川賞だけではなく、賞金五百円も、喉から手が出るほど、太宰にとっては必要なものだった。

翌年、太宰は選考委員の一人で、師と仰いだ佐藤春夫《さとうはるお》に「第二回の賞は私に下さいますよう伏して懇願申し上げます」と手紙を書く。

しかし、第二回芥川賞には、太宰は候補にも挙がらなかった。

さらに、第三回芥川賞に対して太宰は処女小説集『晩年』を引っ提げて、恥も外聞もなく「何卒《なにとぞ》私に与えて下さい」と川端に懇請する。

だが、これも候補にさえ挙げられなかった。

過去にすでに候補となった作家は、選考対象から外すという、この年に決められた規定によってである（念のため言っておくと、現在の芥川賞では、この規定はなくなっている）。

太宰の芥川賞受賞の夢は、ここで潰《つい》えてしまう。

しかし、太宰は、書くことをやめはしなかった。

「ダス・ゲマイネ」「燈籠」「富嶽百景」「黄金風景」「女生徒」と、続々作品を発表した。

そしてついに、川端康成は「女生徒」（昭和十四年四月号『文學界』）を読んで、『女生徒』

のような作品に出会えることは、時評家《じひょうか》の偶然の幸運」と高い評価をするようになるのである。

太宰が山崎富栄《やまざきとみえ》と入水《じゅすい》自殺したのは、第一回芥川賞発表から十三年後の昭和二十三（一九四八）年のことだった。

平成十（一九九八）年に遺族が公開した遺書には、「小説を書くのがいやになったから死ぬのです」（『新潮』平成十年七月号）と書いてある。しかし、それよりも女たちとの関係、酒、薬、お金など、いろんなことががんじがらめになって、面倒になったのではなかったか。

いろんな面倒をチャラにするために、太宰は山崎が貯めていた十数万円（現在の約一千万円）のお金を遣うのだが、蜘蛛の巣にかかってしまったように、もがけばもがくほど、自分にはもう逃げ場がないことを知ってしまったのであろう。

太宰の川端に対する「憤怒」の気持ちは、こうして身体の不調や女性問題などと一緒に、この時消えてしまったのかもしれない。

もし、太宰が、第一回芥川賞を獲《と》っていたら、どうなっていたのか……。ドロドロと身を崩していく太宰はいなかったかもしれない。

しかし、そうであれば、名作『津軽』『パンドラの匣《はこ》』『人間失格』なども生まれてこなかったかもしれないと、複雑な思いがするのである。

こう生きて、こう死んだ

太《だ》宰《ざい》治《おさむ》

明治四十二（一九〇九）年〜昭和二十三（一九四八）年

青森県の大地主の家に六男として生まれる。本名、津島修治《つしましゅうじ》。父親は貴族院議員も務め、邸宅には三十人ほどの使用人がいた。十六歳の頃から創作を始めるが、十八歳の時に敬愛する芥川龍之介の自殺を知り強い衝撃を受ける。二十歳の時に最初の自殺未遂。その後、東京帝国大学文学部仏文学科に入学。高校時代から傾倒していた左翼活動に挫折し、自殺未遂や薬物中毒を繰り返しながらも、作品を次々に発表。井伏鱒《いぶせます》二《じ》の紹介で地質学者の娘、石原美知子《いしはらみちこ》と結婚。戦後は、その作風から無頼派と称された。玉川上水で愛人の山崎富栄と入水自殺をはかり、三十八歳でこの世を去った。主な作品に『走れメロス』『津軽』『お伽草紙』『人間失格』『斜陽』など。美知子との娘の津島佑子《ゆうこ》と、愛人の太田静子《おおたしずこ》との娘、太田治子《はるこ》は共に小説家。

炎上案件 / 02

島村抱月と松井須磨子の逢う（あう）

劇作家との愛を演じ切った女優の縊死

——カチューシャかわいや、
わかれのつらさ
せめて又逢うそれまでは
おなじ姿で（ララ）いてたもれ

カチューシャかわいや、わかれのつらさ　せめて又逢《あ》うそれまでは　おなじ姿で（ララ）いてたもれ

（「カチューシャの唄」島村抱月、相馬御風　作詞）

「あう」と読む漢字には、「逢う」の他に「合う」「会う」「遭う」「遇う」などがある。
それぞれ次のような違いがある。

「逢」は、たまたま両方から近づいて、ある一点のところで出会うこと
「合」は、蓋《ふた》をかぶせるように、ピタリと合うこと
「会」は、時間や場所を決めておいて、そこで二人以上の人が会うこと
「遭」は、人であるよりも、事故や事件、事柄などに、偶然ぶつかること
「遇」は、偶々《たまたま》、事故や事件、事柄などに遭遇すること

スペイン風邪で急逝《きゅうせい》した島村抱月《しまむらほうげつ》（一八七一～一九一八）と、その後を追った松井須磨子《まついすまこ》（一八八六～一九一九）の激しい愛の結末。
はたして二人はあの世で、「逢う」ことができたのだろうか。

須磨子の後追い自殺

女優、松井須磨子は、スペイン風邪に罹《かか》って死んだ劇作家、島村抱月を追って自殺した。数え年三十四歳であった。大正八（一九一九）年一月五日、牛込区横寺町（現・新宿区横寺町）にあった芸術倶楽部の道具部屋での縊死《いし》である。

一月六日付の『東京日日新聞』は、これを「島村抱月の命日に須磨子縊死す」という見出しで次のように伝えている。

同日（一月五日）朝八時頃に至り、女中亀里いせ（三十八）が台所に水を汲《く》みに行く途中、階上なる須磨子の平常の居室前を通る際、何時《いつ》もそこにある赤緒の草履《ぞうり》の無きより不審を起こし、階下の土間となり居る道具部屋を開き見たるに、須磨子は大島の二枚重ね白羽二重《しろはぶたえ》に友禅《ゆうぜん》模様の襦袢《じゅばん》を着け、梁《はり》に緋縮緬《ひぢりめん》の扱帯《しごき》を懸《か》け、二尺四方の卓子《テーブル》を置き、是に芝居用の廊下板を渡し、其《その》上に椅子を載せ、之を踏台とし縊死を遂《と》げ居るを発見し、大いに驚き、直ちに飛び出して芸術座関係の楠山正雄《くすやままさお》、中村吉蔵《なかむらきちぞう》、畑中蓼坡《はたなかりょうは》諸氏に急報し、一同駆け付けて手当を施せしも、遂に蘇生《そせい》せず、神楽坂署の検視《けんし》を乞うて死体を引き下ろし、階上の抱月氏生前の居室に安置し、郷里信州松代なる実家及び実兄なる赤坂一木風月堂主米山益三氏へ急報し、故抱月氏令嬢君子は母の代理として夕刻来たり。須磨子の母いく（七十）も郷里信州より上京すと昨夜は須磨子の兄姉及び芸術座員一同にて通夜したり。

須磨子の死については、須磨子の死が芸術座全員に知らされた五日の夕刻に芸術座にいた長谷川時雨《はせがわしぐれ》も、『近代美人伝』の中に記している。芸術座とは、大正二（一九一三）年に、島村抱月が松井須磨子、相馬御風《そうまぎょふう》らと結成した劇団である。もともと彼らは坪内逍遥《つぼうちしょうよう》の文芸協会に所属していたが、抱月と須磨子の不倫が逍遥の知るところとなり、抱月らは文芸協会を脱会して、新しく芸術座を創設したのだった。

長谷川は、須磨子は芸術のために生きた女ではなく、島村抱月のために演劇をやった女性だったと評している。はたして、同じような言い方をすれば、須磨子は美しさより、情熱によって舞台に立つことができた女優だったということもできよう。

須磨子は明治三十七（一九〇四）年頃、女優を志して俳優養成学校入学を希望するが、面接で「鼻が低くて女優としての華やかさがない」と言われ、入学を拒否される。

しかし、彼女はあきらめなかった。その「鼻の低さ」を克服するために、当時最新鋭の美容整形手術を受けるのだ。

驚くなかれ！　鼻筋に「蠟《ろう》」を流し込むという隆鼻術《りゅうびじゅつ》である。今ならシリコンなどが使われるのであろうが、まだ、そうした技術は、明治時代にはない。

蠟は、融《と》ける。体温の上昇だけでも融けて、鼻筋からずれてしまう。そして、その蠟は、須磨子の身体にアレルギー反応を起こす。その炎症からくる痛みは、時にはふとんから起き上がれないほどの苦しみを与えることもしばしばだったという。

それでも彼女が舞台に上がったのは、島村抱月への思いからだったのである。

松井須磨子、本名を小林正子《こばやしまさこ》という。信州埴科《はにしな》郡清野村（現・長野市松代町清野）の士族の五女として生まれる。九人兄弟の末っ子であった。六歳で養子に出され上田で過ごすが、養父が亡くなったために実家に戻る。しかし、まもなく実父も亡くなり、清野村にいる理由もなくなってしまう。

須磨子は東京、麻布の菓子屋「風月堂」に嫁いでいた姉を頼って上京し、まもなく親戚の勧めで結婚する。しかし、姑に疎まれて離縁させられてしまうのだった。

洋裁学校に通ったりもしたが、この頃から次第に須磨子の中に沸々《ふつふつ》と「女優」になるという夢が湧《わ》いてきたようである。

俳優養成学校への入学を拒否されて鼻に蠟を入れたのは、この頃だった。

さて、晴れて俳優養成学校への入学を果たすと、彼女を待っていたのは、「恋」であった。須磨子は、学校で日本史を担当していた前沢誠助《まえざわせいすけ》と再婚する。

しかし、この結婚は二年も持たないうちに破局に終わってしまった。

坪内逍遥が主催する「文芸協会演劇研究所第一期生」となり女優となった須磨子には、家事をする余裕もなければ、前沢の世話をすることもできなかったのである。

抱月との許されない愛

前沢と離婚後、須磨子はイプセン『人形の家』のノラを演じて女優の地位を確立する。

そしてまもなく、劇作家で演出家の島村抱月と恋に落ちる。

島村抱月には妻子があった。いわゆる不倫である。

当時は、まだ姦通罪《かんつうざい》という法律が存在していた。不貞《ふてい》をした男女は、罪に問われたのだ。

明治四十（一九〇七）年法律第四十五条、一八三条には「有夫ノ婦姦通シタルトキハ二年以下ノ懲役ニ処ス其相姦シタル者亦同シ（夫のある女子が姦通したときは二年以下の懲役に処す。その女子と相姦した者も同じ刑に処する）」とある。

須磨子は文芸協会から退会処分にされ、抱月もまた、この醜聞《しゅうぶん》によって坪内逍遥との間に確執が生まれ、文芸協会を辞めざるをえなくなる。

そんな二人が新しく作ったのが、「芸術座」という劇団だったのである。

結成の翌年、大正三（一九一四）年、抱月はトルストイの『復活』をアレンジした舞台を上演する。

この劇中で須磨子が歌ったのが「カチューシャの唄」（別に『復活唱歌』）である。

島村抱月、相馬御風が作詞、中山晋平《なかやましんぺい》が作曲している。

1　カチューシャかわいや　わかれのつらさ
せめて淡雪とけぬ間と　神に願いを（ララ）かけましょか

2　カチューシャかわいや　わかれのつらさ
今宵ひと夜にふる雪の　明日は野山の（ララ）路《みち》かくせ

3　カチューシャかわいや　わかれのつらさ
せめて又逢うそれまでは　おなじ姿で（ララ）いてたもれ

4　カチューシャかわいや　わかれのつらさ
つらいわかれの涙のひまに　風は野を吹く（ララ）日はくれる

5　カチューシャかわいや　わかれのつらさ
　ひろい野原をとぼとぼと　独り出て行く（ララ）あすの旅

全国各地で演じられるなか、この唄はレコードにも吹き込まれて、須磨子は爆発的な人気を得ることになる。

しかし、その成功も束の間のことであった。

大正七（一九一八）年の春から世界中で流行し、「スペイン風邪」と呼ばれたインフルエンザに罹り、抱月があっけなく命を喪《うしな》ってしまったのである。十一月五日のことだった。

以来、須磨子は、抱月の後を追うことだけを考えるようになってしまう。

そして、二カ月後の抱月の月命日を待って、須磨子は自殺するのである。

抱月が芸術座を起《た》ち上《あ》げた際に発起人となった新宿中村屋の主人相馬愛蔵《あいぞう》の妻で、文筆家の相馬黒光《こっこう》など、須磨子のことを悪く言う人も少なくはなかった。

しかし、明治時代末期、まだ現在のように女優がメディアでもてはやされるということもなく、かえって蔑《さげす》んで見られるということが多かった時代、女優という「夢」を、抱月とともに抱いて走ろうとした須磨子の最期は、あまりにも哀しかった。彼女は、家族に向け、数通の遺書を遺している。

せめて又逢うそれまでは

さて、「カチューシャの唄」の第三番の歌詞に「せめて又逢うそれまでは　おなじ姿で（ララ）いてたもれ」と見える。「同じ姿でいてたもれ」、こんな言い方ももう今ではなくなってしまった。もともと「給れ」あるいは「賜れ」と書かれるもので、「給わる」「賜る」の命令形である。

その前の句にある「せめて又逢うそれまでは」という言葉、この歌を舞台で歌っている時、まだ須磨子は、抱月がまもなく病死することなど夢にも思っていなかっただろう。

「あう」は他に、「合う」「会う」「遭う」「遇う」とも書く。「逢」は、たまたま両方から近づいて、ある一点のところで出会うこと。したがって「カチューシャかわいや　わかれのつらさ　せめて又逢うそれまでは　おなじ姿で（ララ）いてたもれ」と歌われる「せめて又逢うそれまでは」という言葉には、二人がいつか別の道を辿ったとしても、求め合っていれば、どこかできっと出会えるという希望、願望が隠されているということになろう。

妻子ある抱月と須磨子は、現世で結ばれることはなかった。

はたして、首を縊《くく》った須磨子が、あの世で抱月と逢えたのか、どうか――。

こう生きて、こう死んだ

島村抱月《しまむらほうげつ》

明治四(一八七一)年〜大正七(一九一八)年

島根県生まれ。本名、瀧太郎《たきたろう》。東京専門学校(現・早稲田大学)を卒業。その後、東京専門学校の留学生としてイギリス、ドイツに渡り、欧州の演劇と戯曲文学を研究。帰国後、早大教授として教鞭をとる。坪内逍遙と文芸協会を設立。文学、美術、演劇の革新を目指すも、松井須磨子との恋愛により逍遙と決別。須磨子と芸術座を組織し大正期の新劇の普及発展への道をつくったが、スペイン風邪に罹患し、急死。

松井須磨子《まついすまこ》

明治十九(一八八六)年〜大正八(一九一九)年

長野県の士族の五女として生まれる。本名、小林正子。最初の結婚は一年で破局。その後、二度目の結婚をするが、文芸協会演劇研究所第一期生となり、女優業を優先させるため離婚。「人形の家」のノラの好演でスターとなるが、抱月との恋愛により除名。抱月とともに芸術座を結成し、「復活」のカチューシャ役などで日本全国を巡演、新劇大衆化に貢献した。抱月の死の二カ月後、後を追って自殺。

炎上案件 / 03

国木田独歩の恋（こい）

真面目で一途な独歩が二度の結婚で知ったこと

――更らに、林間に入り、新聞紙を布きて坐し、腕をくみて、語る。若き恋の夢！

更《さ》らに、林間に入り、新聞紙を布《し》きて坐し、腕をくみて、語る。若き恋の夢！孃《じょう》は乙女の恋の香に醒《よ》（ママ、但し「酔」の誤り）い殆んど小児の如くになりぬ。吾に其の優しき顔を重げにもたせかけ、吾れ何を語るも只《た》だ然《しか》り然りと答うるのみ。

（国木田独歩『欺かざるの記』）

「恋」は、旧字体では「戀」と書いた。「糸」が「言」の両側について、下に「心」がある。これは、もともと「心が縺《もつ》れに縺れて、うまく言葉にすることができない状態」を表している。つまり、胸がキュンとするような、震えるようなものが「恋」だと言えよう。では、「愛」とは何か。この漢字の「冖」の上の部分は、もともと、食い違っていることを表す記号だった。そして「冖」とその下にある「心」は、「心が塞《ふさ》がってしまってどうしようもない状態」を表している。さらに「夊」は、縺れて動けなくなった「足」を意味している。つまり、相手と自分との間に想いの齟齬《そご》があって、心が塞がり、歩くことさえできない状態を意味する。しかし、「食い違い」さえ克服すれば、塞がった心を解放し、二人で歩いて行くことができる。

そう考えれば、「恋」がひとりよがりの想いであるのに対して、「愛」とは、想像力を持って二人で創り上げていくものだとも言える。国木田独歩《くにきだどっぽ》の二度の結婚は、恋と愛の意味を問うものではないだろうか。

真面目で一途な国木田独歩は、二度の結婚をしている。

身分の差から引き裂かれた信子《のぶこ》との恋、ともに作り上げていった治《はる》との愛……。

二人の女性との関わりは、作家の人生にどう影響したのか。

「恋」の女性と「愛」の女性

三十六歳の若さで亡くなった国木田独歩（一八七一〜一九〇八）の最初の結婚は、二十四歳の時である。相手は佐々城《ささき》信子（一八七八〜一九四九）で、有島武郎《ありしまたけお》の『或る女』、相馬黒光の『黙移《もくい》』にも描かれる。

そしてもう一人は、二十七歳の時に下宿していた大家の娘・榎本《えのもと》治（「治子」とも、一八七九〜一九六二）で、平塚《ひらつか》らいてうが主幹としてプロデュースした『青鞜《せいとう》』の創刊にも関わり、小説家となった国木田治子である。

治子は、肺結核で亡くなる独歩を看取った後、三越の食堂部へつとめるかたわら生け花を教えて四人の子どもを一人で育て上げている。

さて、国木田独歩の友人、田山花袋《たやまかたい》（一八七一〜一九三〇）は、独歩への弔辞で、独歩の人生は「窮」の一字だったと述べている。「生活に困窮した人生」という意味であるが、確かに国木田独歩は、生まれた時から亡くなるまで、困窮しながら東奔西走した人だった。熱心なキリスト教徒で、真面目で一途、あまりに理想的すぎたということが困窮の一番の理由だったのではないかと思われるが、そうした国木田独歩のどうしようもなさが一番表れているのが一回目の佐々城信子との結婚であった。

自己を客観的に見ながら、自伝文学として書こうとした『欺《あざむ》かざるの記』に描かれる信子との出会いと別れは、「これを小説とすれば、独歩の小説中はもちろん、明治四十五年間に出た小説作物中での第一の傑作」（柳田泉）ともされるものだった。

理想の女性・佐々城信子

若き理想家・独歩は「一日又た一日これこそ生活ならめ」（『欺かざるの記』）とか、「自由！　自由！　吾は自由を欲す。オオ天の自由よ、吾に在れ」（同前）などと言い、ひじょうに崇高な思想を求めようとしていた。

とくに、理想の女性に関して、独歩は次のように記している。

「嗚呼高潔、多感、多情、真摯、無邪気にして且《か》つ同情に富み、学と文とを兼て、恋愛の幽邃《ゆうすい》、哀深、悲壮、にして春月の如き消息を解《かい》する女性何処《どこ》にあるか」（同前）

はたして、その理想的な女性として現れたのが、佐々城信子だったのである。

日清戦争が始まった明治二十七（一八九四）年、独歩は徳富蘇峰《とくとみそほう》の民友社に記者として入社し、従軍記者として『国民新聞』に日清戦争のルポルタージュ「愛弟通信」を連載した。

帰国後、明治二十八年六月九日、日本キリスト教婦人矯風会書記長・佐々城豊寿《とよじゅ》が主催した従軍記者招待晩餐会に出席した時、豊寿の長女・信子を知ったのだった。

「余、携《たずさ》うる処の新刊家庭雑誌二冊を令嬢に与えたり。令嬢曰く、また遊びに来り給えと。令嬢年のころ十六若しくは七、唱歌をよくし風姿楚々可憐の少女なり」と、『欺かざるの記』には記される。

そして、この出会いから四十日を過ぎた頃、独歩は「佐々木（ママ）信子嬢との交情次第に深からんとするが如し。恋愛なるやも知れず」（同前）と記すのである。

父親は、信子をアメリカに留学させようとしていたし、「どこの馬の骨とも分からぬ男」（相馬黒光『黙移』による）である独歩と信子の恋愛など許してはいなかった。

交際するのみならず、独歩は、信子と北海道に移住することを持ちかけ、同意させる。信子の母親・豊寿が北海道に土地を持っていること、そしてまもなく豊寿が北海道に発《た》つことも、信子に同意の安心感を与えたに違いなかった。

独歩は、歓喜に包まれる。

そして、明治二十八年八月十一日、独歩に「忘るる能《あた》はざる日」が訪れるのだ。

二人で事前に計画していた通り、母・豊寿が北海道に行くのを上野駅まで見送った信子が、朝七時過ぎに独歩を訪ねて来たのだった。

二人は独歩の住んでいた飯田橋から列車に乗ると、国分寺まで行き、更にそこから人力車を使って小金井に着くと、玉川上水の堤《つつみ》に沿って歩き出す……「信嬢は吾が腕をかたく擁《よう》して歩めり。吾れは一語一語、徐《おもむ》ろに語り、遂に恋愛するに至りし吾心情を語る時、感迫りて涙をのむ。嬢も亦《ま》た涙をのむ」(『欺かざるの記』)

こうして二人は、愛を語らったのだ。

「黙、又た黙。嬢は其の顔を吾が肩にのせ、吾が顔は嬢の額に磨《ま》(ママ)す。嬢の右腕、力なげに吾が左腕をいだく。黙又た黙。嬢の霊、吾に入り、吾が霊、嬢に入るの感あり。吾れ、頭を挙げて葉のすき間より蒼天を望みぬ。言う可からざる哀感起る」(同前)。そして数時間かの恍惚《こうこつ》の後、二人は「境(現・武蔵境駅)停車場にて乗車す。中等室、吾等二人のみ。（中略）吾等は坐を並べて坐し、窓外の白雲、林樹、遠望を賞しつ、寧《むし》ろ汽車遅かれと願いぬ」（同前）と、恋に盲目になった二人は乗客が他にいないことをいいことに寄り添ってロマンチックな時を過ごしたのだった。

それから一カ月後の九月十二日、今度は信子の女学校時代の友人・遠藤よきが手引きをして、信子を塩原温泉に連れ出し、独歩も落ち合う。

しかし、この逢瀬を知った信子の父親が後から追いかけて来る。

そして、娘のあまりの熱情に、不承不承、信子の父親は、二人の結婚を認めたのだった。

独歩は、喜び勇んで単身北海道に行き、二人の新婚生活を始める土地を求めるが、そこに弟からの手紙が届く。そこには母・豊寿が反対していることが書かれていた。

「豊寿夫人の吾等二人に対する怒りは非常なりき。夫人は全く其の平心《へいしん》を失いたり。半ば狂気したり。信子に自殺を進（ママ）めたりと云う」（同前）

北海道での新婚生活は、諦めざるを得なかった。

短い結婚生活の破局

なぜ豊寿がこれほどまでに二人の結婚に反対したのか。それは、当時の新聞記者は、今と違ってならず者のように思われていたからである。独歩もそうした新聞記者の一人である。独歩が『武蔵野』を書くのは明治三十一（一八九八）年、また『牛肉と馬鈴薯』は、明治三十四（一九〇一）年で、この頃はまだ小説など書いていない。無名で、生活に困窮した新聞記者でしかなかった。

そんな男のところに、娘を嫁がせようと思う親はあるまい。

信子の母・豊寿は、仙台藩の漢学者・星雄記《ほしゆうき》の娘で、メアリー・キダーの塾（現・フェリス女学院）に学び、一橋女学校（後・女子高等師範学校）を出、新しい教育を受けて廃娼運動、禁酒運動を行って世の中を改革しようという力に溢れていた人だった。豊寿は決して娘の結婚相手として独歩を認めることができなかった。

ところが、塩原温泉での逢瀬から二カ月後の十一月十一日、またしても遠藤よきは、佐々城の家から信子を誘い、独歩のところに連れて来る。

独歩と信子は、一年間の東京立ち退きと佐々城家との絶縁を条件に、その日のうちに徳富蘇峰の媒酌で早々に結婚式を挙げたのだ。

佐々城家ではもうどうしようもなかった。

「わが恋愛は遂に勝ちたり。われは遂に信子を得たり」と独歩は、『欺かざるの記』に記している。

二人は東京を離れ、逗子に新居を得た。

しかし、徳富蘇峰の民友社を辞めて定収入もなくなった独歩は、生活に困窮する。

自分で料理をしたこともない信子には耐えられないほどの、貧しい生活が待っていた。

二人の生活が破局を迎えたのは、翌年の四月のことだった。

独歩の父親が病に罹ったため、二人は逗子を引き払い、東京に戻ってきていたのだが、四月十五日、信子は突然、失踪してしまうのである。

「余は『愛』を全うせん為には苦痛を担《にな》うを辞せざるべし」（四月二十二日）と記して、信子に家に帰ってくるようにという手紙を書くが、二十四日の『欺かざるの記』に、二人の破局が記される。

「余と信子とは今日限り夫婦の縁、全く絶えたり。昨日信子に遇《あ》いぬ。信子の本意全く離婚にあることを確かめ得たり。本日午前、徳富氏を訪うて相談の上、離婚することに決し、其の通知書を認めて徳富君に手渡したり。是に於て去年六月以後の恋愛も一夢《いちむ》に帰《き》し了《お》はんぬ。斯《か》くまでに相愛したる信子、遂に吾と相離るるに至りたる事、極めて悲痛の事なれど、人の心の計り難きを思えばこれも詮《せん》なし。余は今やもとの独身者となりたり」

時代ということもあっただろう。

無産の家に生まれた独歩と裕福な家に生まれた信子の生活の仕方の差もあっただろう。

あまりにも美しい理想を追い求めた独歩の責任であったとも言えよう。

「人の心の計り難き」と言うこともできよう。

独歩は結婚に際して「わが恋愛は遂に勝ちたり」と書いたが、それは一方的な「恋」の成就ではあっても、二人で創り上げていく「愛」へは昇華することができなかった。それをなしえたのは、二番目の妻、治だったのかもしれない。明治三十一（一八九八）年、独歩は二十七歳の時、隣家に住む十九歳の治を知り再婚する。治は独歩との間に四人の子をもうけ、愚痴ひとつ言わず独歩に尽くした。

なんだか急に悲しい

独歩と信子が別れた時、信子は独歩の子をお腹に宿していた。

女の子が生まれ、浦子と名付けられた。

信子の母・豊寿は、信子のこの醜聞のため、以後、公に顔を出すことを一切やめた。

浦子は、父の子として入籍され、生まれて三週間後に里子に出され、その後の行方は分からない。

信子は、どうなったのか……独歩と別れて五年後の明治三十四（一九〇一）年、農務省の農業練習生としてアメリカ留学中の森広《もりひろし》と結婚する話がまとまり鎌倉丸でシアトルに渡るが、航海中に事務長の武井勘三郎と恋に落ちる。

武井は既婚者で子どももあったが、離婚して、信子と再婚した。そして、大正十（一九二二）年まで、二人は佐世保で旅館を経営していたという。

肺結核を患った独歩は、茅ヶ崎の結核療養所南湖院で明治四十一（一九〇八）年、多くの友人に囲まれて亡くなった。

死の二日前、泣き声に目を覚ました妻・治に、独歩は、「急に何だか悲しくなって……」と嗚咽《おえつ》したと伝えられる（岩井寛編『作家の臨終・墓碑事典』）。

こう生きて、こう死んだ

国《く》木《に》田《き》独《だ》歩《どっぽ》

明治四（一八七一）年〜明治四十一（一九〇八）年

千葉県生まれ。本名、哲夫《てつお》。旧藩士で司法省の役人であった父の赴任により山口県で育つ。東京専門学校（現・早稲田大学）に入学し、在学中から雑誌に投稿をはじめ、またキリスト教に入信。大学中退後、民友社に入り徳富蘇峰の『国民新聞』の記者となり、日清戦争に従軍記者として参加。帰国後、作家活動を再開。ツルゲーネフやワーズワースの影響を受け、「武蔵野」など浪漫主義的な作品を発表。その後、写実主義に傾倒し、「牛肉と馬鈴薯」「春の鳥」などを発表。自ら出版社「独歩社」を創立するも、破産。結核をわずらい、療養中の茅ヶ崎の療養所で死去した。二十二から二十六歳まで、生活と思索の記録として書き続けていた日記『欺かざるの記』は独歩の死後に刊行され、自然主義文学の先駆として高く評価された。最初の妻、信子との結婚は一年を待たずに破局したが、独歩が下宿していた大家の娘であった榎本治とは生涯、添い遂げ、独歩の死の二カ月後に次男が誕生している。

炎上案件 / 04

田山花袋と永代美知代の噂（うわさ）

『蒲団』で人生が狂ったヒロインのモデル

――明治文壇掉尾の大傑作だと推称された『縁』のヒロインなことは、あまねく天下に隠れのない噂さ私があの有名な、現文壇の元老田山花袋《たやまかたい》氏の出世作たる小説『蒲団《ふとん》』のヒロインであり、明治文壇掉尾《とうび》の大傑作だと推称された『縁』のヒロインなことは、あまねく天下に隠れのない噂《うわ》さで、現在作者たる田山先生それ自身が、そうだと発表されて居る以上、それに就《つ》いてなにか書くのは、蓋《けだ》し当然のことに違いありません。

（大正四年九月『新潮』所載「『蒲団』、『縁』及び私」）

「噂」という漢字は、日本語では、世間で言いふらす話、つまり「風説《ふうせつ》」「風聞《ふうぶん》」の意味で使われる。陰口を叩くように、あれこれ詮索《せんさく》するイメージの言葉であるが、古く中国古典では、みんなが集まってガヤガヤと話すその話題を言ったものだった。なぜなら、旁《つくり》の「尊」は、手で酒樽を持ち上げてワイワイと騒ぐことを意味するからである。

さて、『蒲団』を書いた田山花袋と、蒲団と夜具《やぐ》に染みついた自分の匂いを嗅《か》がれたヒロインとの関係には、噂以上にどんな真相があったのだろうか。

ハレンチだと非難された『蒲団』

「自然主義」という文学運動が起こったのは明治の後半になってからである。

これは、人の生活を直視して分析し、ありのままの現実を飾ることなく、つまり醜悪な部分もそのままに、理想化することなく描写するというもので、フランスではゾラに始まり、モーパッサン、ゴンクール、ドーデらに受け継がれたと、大体、文学史では教わる。

二葉亭四迷《ふたばていしめい》は、『平凡』（明治四十年）に、「近頃は自然主義とか云って、何でも作者の経験した愚《ぐ》にも附《つ》かぬ事を、聊《いささ》かも技巧を加えず、有《あり》の儘《まま》に、だらだらと、牛の涎《よだれ》のように書くのが流行るそうだ」と書いている。

田山花袋の『蒲団』の内容は、「作者の経験した愚にも附かぬ事」であったとも言えるが、当時の人々を驚かせるような、とてもハレンチなものとして受け取られたのだった。

少し、内容を紹介しておこう。

二人の子どもがあり、さらに三人目の子どもがお腹にいる妻を持つ作家・竹中時雄は、三十四、五歳で、今で言う「ミッドライフ・クライシス（中年の危機）」を迎えていた。

仕事もおもしろくない……毎日、おなじ事の繰り返し……目に留まるのは、美しく若い女性たち！

そんなある日、十九歳の横山芳子という女性からファンレターが届く。備中新見町（現・岡山県新見市）の出身で、神戸の女学校を卒業したが、ぜひ、上京して女学校に行きながら、先生の弟子として文学を学びたいという熱烈な内容だった。

そして、いよいよ芳子が上京してくる。

「ハイカラな新式な美しい女門下生が、先生！　先生！　と世にもえらい人のように渇仰《かつごう》して来るのに胸を動かさずに誰が居られようか」（『蒲団』）というほどで、ミッドライフ・クライシスは霧散《むさん》するのである。

「芳子と時雄との関係は単に師弟の間柄としては余りに親密であった。此の二人の様子を観察したある第三者の女の一人が妻に向かって、『芳子さんが来てから時雄さんの様子は丸で変りましたよ。二人で話して居る処を見ると、魂は二人ともあくがれ渡って居るようで、それは本当に油断がなりませんよ』」（同前）と言うほどになってしまう。

補足ながらここで使われる「あくがれ渡る」とは、「すっかり心を奪われる」という意味の言葉である。

だがその真相はといえば、時雄が芳子を求めているだけで、芳子にはちゃんと想う相手がいたのである。中年男というものは本当に馬鹿としかいいようがない生きものなのだ。

芳子のその恋の相手とは、同志社の学生で二十一歳の田中秀夫という青年だった。

と、この中年男は、それまで姉の家にいた芳子を自分の家に住まわせて、田中との仲を監視し、裂いてしまおうとするのである。

ところが、田中もまもなく上京して来て、時雄のところにいる芳子を折にふれて訪ねて来るようになる。「仮令《たとえ》自分が芳子を二階に置いて監督しても、時雄は心を安んずる暇はなかった。二人の相逢うことを妨げることは絶対に不可能」（同前）な状態に陥ってしまうのだ。

もう、時雄には最後の手段しか残されていなかった。岡山から芳子の父親を呼び、郷里に連れ帰ってもらおう。そうすれば、芳子は田中と別れることになる！

芳子が自宅からいなくなり、再び、彼にはミッドライフ・クライシスが訪れる。しかも、その虚しさは、芳子という存在がなくなった今、どうにも埋めることのできないものとなっていた。

時雄は、芳子がいた部屋の押し入れから、芳子が使っていた蒲団と夜着を引き出し、「女のなつかしい油の匂いと汗のにおいとが言いも知らず時雄の胸をときめかした。夜着の襟《えり》の天鵞絨《びろうど》の際立って汚れて居るのに顔を押附《おしつ》けて、心のゆくばかりなつかしい女の匂いを嗅いだ。

性慾と悲哀と絶望とが忽《たちま》ち時雄の胸を襲った。時雄は其の蒲団を敷き、夜着をかけ、冷めたい汚れた天鵞絨の襟に顔を埋めて泣いた」（同前）のだった。

『蒲団』の最後はこんな文章で終わる。

この中年男の性欲と一方的な恋は何なのか？

これが自然主義文学と呼ばれるものなのか？

さて、あなたがもし、この横山芳子という仮名で語られている女性だったとしたらどう思うか？

まさか、自分のことが書かれているとは知らずに、あなたは、「先生」の小説を読む。百パーセント、ここに書かれていることが事実ではないにしても、七十パーセント以上は、この通り！　というより、自然主義文学者・花袋にとっては、「作者の主観にそう写った」（「『蒲団』、『縁』及び私」）事実百パーセントのことだった。

ちなみに、この「事実」ということについて言えば、このヒロインのモデルとなった女性は、後に「何処《どこ》も彼処《かしこ》、全部が全部、みんなよくもまあと、呆《あき》れ返える程、違って居るけれど、何よりも彼よりも、一番腹立たしく、不平で赧《か》っとして、大事な大事な誇すら忘れて取り乱し、其処いら中《じゅう》引っかき廻したい思いに泣いたのは、芳子の恋人田中秀夫に於ける、竹中時雄氏の描写です」（昭和三十三年七月号『婦人朝日』）と語っている。

『蒲団』は中年男の性を描いた作品として大評判になる。そして島村抱月が『早稲田文学』(明治四十年十二月号)に「此の一篇は肉の人、赤裸々の人間の大胆なる懺悔録である」と記したことで拍車がかかる。

「『蒲団』が初めて春陽堂の新小説の、巻頭小説として載せられた時、私は淋しい田舎の山蔭の町でチブスを病んだ病後の胸をおどらせながら、遥《はる》かに都で八釜《やかま》しいその作の噂さに就いて気を揉《も》んで居《お》りました」と、彼女は、この小説を読んだ時のことを記している(「『蒲団』、『縁』及び私」)。

芳子と田中秀夫のモデル

この小説のヒロインのモデルとなったのは、岡田美知代《おかだみちよ》という女性で、田山花袋は、じつは『蒲団』以外にも『縁』という小説で彼女を描いていたのだった。

そして、彼女の人生のみならず、芳子の恋人、田中秀夫として描かれた男の人生も、この二作によって翻弄されてしまう。

田中秀夫のモデルとされたのは、永代静雄《ながよしずお》という才人で、後に東京毎夕新聞の編集局長・新聞研究所所長を務めるが、『蒲団』のモデルだということが経歴に附いてしまって「一流新聞の記者たるを得ないで終わる」(吉田精一編『近代名作モデル事典』)。また「岡田美知代の話によれば、読売新聞に志願するが、正宗白鳥《まさむねはくちょう》から『蒲団』のモデルでは採用できぬとされて引き退るような目にも逢って、花袋のためにはかなり打撃をこうむっていた」(同前)。

花袋によって狂わされた美知代の人生

しかし、それにしても『蒲団』が発表されて以降の美知代の人生は、永代以上にこの作品の影響によって翻弄されてしまうことになる。

では、実際の二人の関係はどのようなものだったのだろうか。

その真相をここに記しておこう。

『蒲団』では、備中新見町の田舎にいる若い女性としか書かれない岡田美知代だが、父親の岡田胖十郎《はんじゅうろう》は、備後銀行の創設者に名を列《つら》ね、後年県会議員を務める豪商で、母親ミナも同志社女学校を卒業した人だった。

また長兄、實麿《じつまろ》は、アメリカ留学後、神戸高等商業学校の教師を経て、夏目漱石《なつめそうせき》の後任として第一高等学校教授となった英語学者だった。

ちなみに永代は、明治四十一(一九〇八)年にルイス・キャロルの『不思議の国のアリス』をはじめて日本語訳し、『アリス物語』として発表した人でもあった。

そして、岡田美知代も日本の翻訳文学史の初期に『アンクル・トムの小屋』(ハリエット・ビーチャー・ストウ原著)を『奴隷トム』(一九二三年、誠文堂)のタイトルで出版した他、雑誌や新聞に二百点以上の小説を発表しているのである。

ところで、美知代が花袋にファンレターを書いて入門を願ったのは、明治三十六(一九〇三)年、十八歳のことで、この時、美知代は神戸女学院の本科三年生になっていた。翌年二月、美知代は神戸女学院を中退し、父・胖十郎に伴われて上京すると、牛込区若松町にあった花袋の家に寄宿し、後、花袋の妻の姉・浅井かくの家(麹町区土手三番町)に移り、女子英学塾予科に通う。

この頃、まだ花袋は雑誌に短編小説を十数篇発表しているほどで、大して著名な小説家だったわけではなく、当時の大出版社、博文館に勤務していた。

花袋は日露戦争が勃発すると、明治三十七(一九〇四)年三月から九月まで、従軍記者として中国に赴いている。この従軍中にも、花袋は美知代と文通をしていたらしく、手紙が数通残っている。やはり花袋は、美知代のことが好きでたまらなかったに違いない。

明治三十八(一九〇五)年春、美知代は体調を崩し、一時実家に帰省する。そして七月、YMCAの夏期学校に参加し、同志社神学部の永代静雄と知り合うのだ。

ところが、九月に上京する際に、京都でデートをしたことが花袋にバレてしまう。「きみが上京すると書いて寄越した手紙と二日ほどの齟齬《そご》がある。この二日、君は何をしていたのか」（『縁』）としつこく問い詰められて、美知代は永代のことを話したという。

まもなく永代静雄が上京したため、花袋は麹町の義姉の家から自宅に美知代を呼んで軟禁し、その後、父の胖十郎を呼んで美知代を帰郷させるのである。明治三十九（一九〇六）年一月十八日のことだった。

さて、花袋は、たぶん、美知代のことが忘れられなかったのであろう。美知代が帰郷した年の十月、広島の美知代の実家を訪ね、二日滞在する。

そして、ついに翌明治四十（一九〇七）年九月、花袋は『蒲団』を発表するのだ。

小さな田舎町の名家の娘が起こしたゴシップに、家族の者が動揺しないはずがない。美知代は実家にいることもできなくなって、上京すると白山御殿町（現・文京区白山）にあった兄・實麿の家に身を寄せる。

再び美知代をモデルにした小説『縁』

ところが、美知代は、まもなく花袋に仲を裂かれた恋人・永代静雄と再会する。

そして、妊娠。明治四十一（一九〇八）年十二月から牛込区原町で永代と同居をはじめる。娘の永代との関係を知った美知代の父親は激怒し、花袋に相談して、戸籍上、美知代を花袋の養女とすることを条件に、永代静雄との結婚を認める。

明治四十二（一九〇九）年三月二十日に、長女千鶴子が生まれる。

ただ、美知代と永代の結婚はうまくはいかなかった。

別れた美知代は、千鶴子を連れて田山家に移り、花袋の内弟子となっていた水野《みずの》仙子《せんこ》と代々木初台に家を借りて共同生活を始める。

そして、どういう理由か分からないが、娘の千鶴子は、花袋の妻りさの兄・太田《おおた》玉茗《ぎょくめい》に育てられることになる。太田玉茗は、埼玉県羽生市にある建福寺の住職だった。

ぼろぼろになりつつあった美知代は、永代と復縁する。

ところが、この復縁の事情などを、花袋はふたたび小説に書き、『縁』として発表する。

これについて、美知代は後に「止《よ》して貰《もら》い度《た》い空想的中傷」（「『蒲団』、『縁』及び私」）と題して、以下のように花袋の筆を批判する。

「昂奮するには当らないのですけれ共、これが普通一通りの作家の材料にされたのと違って、いやしくも一分一厘真を曲げてはならないと云う主義主張の、自然派の隊長たる田山花袋氏の作のモデルにされたのである以上、世間から作に表わされた馬橋や敏子（これらは『縁』の登場人物。馬橋が永代、敏子が美知代）の人格を通して、私達それ自身を批判されなければならぬのが、如何にしても癪《しゃく》で堪りません……田山氏程の秀れた作家には、人の心の奥の奥まで、千里眼のように見透かされもするのでしょう。すくなくとも自分では左様信じていられることでしょうから、あながちにこの忖度《そんたく》が永代の人格を侮辱する為《た》めの言葉か如何《どう》か、そんな事を考えて書かれたものと言う訳でもありますまいが、万事『少くとも復仇《ふっきゅう》してやらなければならない』と云う気持で観察され、描写された私達こそ、好い面の皮だと思います」

永代は明治四十三（一九一〇）年、富山日報に就職し、富山市山王町に自宅を構えた。美知代も永代について富山に行き、明治四十四（一九一一）年三月五日に長男・太刀男が誕生する。

しかし、この年、長女千鶴子が脳膜炎で急死したという知らせが入る。二人は、心の傷を癒やすために大分の別府で療養し、年の暮れに上京した。

永代は大正元（一九一二）年秋に東京毎夕新聞に入社をする。

美知代は花袋と協議し、ようやく田山家から離縁を果たし、ふたたび実父・岡田胖十郎の戸籍に復籍して、大正六（一九一七）年三月に永代の戸籍に入籍したのだった。

自然主義文学の罪

……しかし、みたび別れがやってくる。二人は離婚した。

永代の深酒、貧しい生活などが原因だったと言われるが、花袋に書かれたことが深い傷として二人の間にあったことは確かであろう。

美知代は、大正十五（一九二六）年、雑誌『主婦之友』の特派記者としてアメリカに渡り、アメリカで知り合った佐賀県出身の花田小太郎という人物と再婚する。

太平洋戦争が始まる直前、美知代は花田とともに帰国し、広島県庄原市で暮らした。老衰のため亡くなったのは、昭和四十三（一九六八）年一月十九日。享年八十三だった。

田山花袋は昭和五（一九三〇）年に喉頭癌で死に、美知代の長男・太刀男も昭和七（一九三二）年五月に結核で亡くなった。また、永代は、美知代の渡米後、まもなく大河内ひでという女性と再婚していたが、昭和十九（一九四四）年に亡くなっている。

日本文学史上、不滅の名作として挙げられる『蒲団』において、赤裸々に、あることないこと書かれた美知代と永代の一生を思う時、改めて田山花袋という作家の作品や自然主義文学というものについて考えてしまうのである。

こう生きて、こう死んだ

田山花袋《たやまかたい》

明治四（一八七一）年〜昭和五（一九三〇）年

群馬県生まれ。本名、録弥《ろくや》。父は下級藩士だったが、警視庁の巡査となり東京に出て、西南戦争で戦死したため一家は群馬に戻った。その後ふたたび一家で上京。尾崎紅葉《おざきこうよう》、江見水蔭《えみすいいん》に師事し、執筆活動を開始。明治三十二年に友人の詩人で浄土真宗の僧侶、太田玉茗の妹リサと結婚。博文館に勤務するかたわら詩や小説を発表。自然主義の代表的な作家となる。晩年は紀行文や精神主義的な作品を多く残した。喉頭癌で死去。

永代美知代《ながよみちよ》

明治十八（一八八五）年〜昭和四十三（一九六八）年

広島生まれ。旧姓、岡田。神戸女学院に入学し、在学中から雑誌に投稿を始める。田山花袋に入門が許されると上京。花袋に師事しながら、女子英学塾（現・津田塾大学）に通う。永代静雄と結婚、離婚、復縁を繰り返す中で小説の執筆を続け、翻訳書も刊行している。永代と決別後、『主婦之友』特派記者として渡米。アメリカで知り合った男性と結婚して帰国。その後も広島で執筆を続け老衰のため死去。

炎上案件 / 05

与謝野晶子の晦渋（かいじゅう）

師への激しい恋心を詠んだ女性たち

——晦渋の歌なりとは
一般の言なりしが実感的なり
肉愛的なり、尚一歩進んで、
春画的なりとの非難亦少からざりき

此書《このしょ》一度世に行はるるや、雑然として物議起りぬ。晦渋《かいじゅう》の歌なりとは一般の言なりしが実感的なり肉愛的なり、尚一歩進んで、春画的なりとの非難亦少からざりき
（平出修「鬼面録」〈明治三十五年三月『小柴舟』〉
福山恵理『みだれ髪』における「自我独創の詩」の試みより）

明治三十四（一九〇一）年八月に刊行された、与謝野晶子《よさのあきこ》（一八七八〜一九四二）『みだれ髪』に対する非難である。

「晦渋」とは、ふつう「文章などが難しくて、意味がよく分からない」の意味で使われる。さほどに難しい言葉が使われた歌ではないのに、なぜ「晦渋」なのだろう。

「晦」という漢字は、「太陽」を表す「日」と「暗くて方向も分からない漠然と広がる海」を合わせて、「どこへ行けばいいのかもどのように理解すればいいのかもまったく分からない」ということを意味する。こうしたことから、「大晦日」という言葉にも使われた。これは陰暦の月末で月のない闇夜のことを言う。

それでは「渋」は何か。

「渋」は、旧字体では「澁」と書かれた。「止」が三つ書かれるが、「止」は「足」を描いたもので、水の中にいてどんなに足を動かしてもどこにも進めない状態を表す。

つまり「晦渋」とは、「暗くて行く先も見えず、どれだけ頑張ってみても先に進めないこと」を言う言葉なのである。

やは肌のあつき血しほにふれも見でさびしからずや道を説く君

この歌がどうして「晦渋の歌」とされたのだろうか。

✱

未知の世界に誘われる不安

『みだれ髪』が刊行された時、晶子は、二十二歳。若い女性が、「私のこの柔らかい肌、あなたを思う熱い血潮、それに触れもしないで短歌の道を私に教えるあなた、空しくはないのですか？」と、歌の師匠に問うのである。

こうした歌が並べられた歌集『みだれ髪』は、非難を浴びた。

「実感的なり肉愛的なり」「春画的なり」というのは分かるような気がするが、「晦渋の歌」とされたのはどうしてなのだろうか。

『みだれ髪』のページをめくりながら、当時の読者は、この先、これらの歌が自分をどこに誘おうとしているのか分からなくなってしまいそうになったのかもしれない。

それは、単に「文章などが難しくて、意味がよく分からない」ということではなく、これまでになかった世界に連れて行かれたらどうしよう……という不安によるものだったのかもしれないと思うのである。

鉄幹の悪い癖

与謝野鉄幹《てっかん》（一八七三〜一九三五）という人は不思議な人である。若い頃の経歴を見ると、この人は一体何をしようとしていたのだろうと思わざるを得ない。

まず少し、与謝野鉄幹のことについて記してみよう。

鉄幹は本名を与謝野寛《ひろし》という。歌人で西本願寺支院願成寺の住職・与謝野礼厳《れいごん》の四男として生まれ、礼厳の友人であった歌人で陶芸家の尼僧・大田垣蓮月《おおたがきれんげつ》が命名した。

数え年五つの時に、父母から仏典、漢籍、国書の素読《そどく》の教えを受け、十二歳の時に書いた漢詩が漢詩の専門誌『桂林余芳』に掲載され、寛は「麒麟児《きりんじ》」と称せられた。

素読が幸いしたのか天賦の才があったのか分からないが、子どもの頃から、与謝野寛は文才を伸ばしていった。

明治二十二（一八八九）年、十七歳の時、父親の命令で得度《とくど》するが、仏門に入る気はさらさらなかった。山口県都濃郡徳山町（現・山口県周南市）で兄が経営する徳山女学校に、国語漢文の教師として採用してもらったのだ。

「鉄幹」の号を使い始めたのは、この頃からだったという。

そして、悪い癖が出はじめたのもこの頃からだった。

徳山女学校の生徒、二十二歳になる浅田信子という女性と懇《ねんご》ろになり、信子は鉄幹の子を産む。子どもはまもなく亡くなったが、これが問題となって、鉄幹は退職させられる。

しかし、この時には、すでに別の女子学生にも手をつけていた。

林瀧野《はやしたきの》という女性である。

徳山にいられなくなった鉄幹は、なんと林瀧野を連れて東京に逃げて行くのである。

丈夫鉄幹と歌

鉄幹は、徳山女学校にいるころから歌を詠み、詩を書き始めていた。もちろん、歌人である父の影響は少なくない。

山崎ひかりによれば、「礼厳は作歌の手本として、詩経と易《えき》と『万葉集』を根本とし、それが身についたら『古今集』以下近世の集も読むように教えたが、鉄幹は『万葉集』を手本とし、ひたすら万葉調を模倣していた」（「『みだれ髪』論——与謝野鉄幹と山川登美子——」）というが、林瀧野と一緒に上京した鉄幹は、「万葉調を模倣」することから脱皮すべく、まもなく当時著名だった歌人、落合直文《おちあいなおぶみ》の門に入った。そして、浅香社という結社を作り、歌を詠み始めるのだ。

明治二十七（一八九四）年、「二六新報」に連載された鉄幹の歌論「亡国の音——現代の非丈夫的和歌を罵《ののし》る」がある。

その中でも鉄幹は、当時流行していた桂園派《けいえんは》の歌に対して「規模を問えば狭小、精神を論ずれば繊弱《せんじゃく》、而して品質卑俗、而して格律乱猥《しこう》」と罵倒し、このような「婦女子の歌」が横行するから大丈夫の意気が衰えて国を危うくするのだと記すのだ。

なんという「丈夫《ますらお》」ぶりだろうか。

この歌論は、短歌の歴史に革命を起こす正岡子規《まさおかしき》の『歌よみに与ふる書』に先行し、その先鞭《せんべん》をつけた第一声としてとても重要な歌論であると言われている。

また、逸見久美『評伝・与謝野鉄幹晶子』（八木書店、昭和五十年四月）によれば、鉄幹は、

「日本文学や日本唱歌を教えて日本精神をうえつけよう」として渡韓する。
その時に、こんな歌を作っている。

きこしめせ。御国の文を、かの国に、今はさづくる、世にこそありけれ。

（『東西南北』明治書院）

ただ、この渡韓は、一八九五年十月八日に起こった乙未《いつび》事変で無に帰し、鉄幹は帰国を余儀なくされた。

しかし、そんなことで鉄幹は負けたりはしない。再び渡韓するのである。

世の中の、黄金のかぎり、身につけて、まだ見ぬ山を、皆あがなはむ。

（同前）

鉄幹は、四千五百首ある『万葉集』を二度も写した紙を使って大福帳を作り、これをもってなんと、まだ見ぬ山を全部、買ってやると豪語するのだ。

なんという丈夫ぶりかと驚かざるを得ない。もちろん、この企ては、失敗に終わる。そして、帰国するのだが、朝鮮での成功という夢を忘れられなかったのだろう。三度目の正直と言ったかどうか、もう一度、朝鮮に渡って商売をしようとする。明治三十（一八九七）年七月から翌年四月に掛けてである。

うまくいくはずがなかった。

今度は性来の女好きが昂じて、遊びたいだけ芸妓と遊んで帰ってくる。

鉄幹に思いを寄せる二人の女性

三度の渡韓を経た鉄幹の歌は、次第に派手な丈夫ぶりが消え、新しい変化が表れる。

それは、二人の女性の出現とも関係があった。

山口から鉄幹が連れて上京した林瀧野は聡明な女性で、歌の心得もあった。

明治三十二（一八九九）年十一月、鉄幹は、東京新詩社を創設し、翌年四月には、雑誌『明星』を創刊する。この時に掛かった金は、すべて林瀧野の両親に頼んで出してもらい、編集にも林瀧野が携わっていた。

さて、鉄幹は、明治三十三（一九〇〇）年九月発行の『明星』第六号に、「改正新詩社清規」を掲げる。

「われらは互いに自我の詩を発揮せんとす、われらの詩は古人の詩を摸倣するにあらず、われらの詩なり」と言うのである。いわゆる「自我独創の詩」と呼ばれるもので、これは、「万葉集古今集等の系統を脱したる国詩」（与謝野鉄幹『東西南北』の序文）であった。

こうした鉄幹の言葉は、日本中の歌人に大きな影響を与えていった。

たとえば、『明星』（明治三十三年九月号）の「越後男」投稿にこんな言葉が載せられる。

「自我の上に立てよとのみさとし、翻然《ほんぜん》夢のさめたる心持致し候。げに歌は我れの歌に候べきを、何しか仏の前に手合すようなる劣根鈍機に甘じ候いけん」

福沢諭吉《ふくざわゆきち》が「独立自尊」を掲げて慶應義塾で人々を鼓舞したように、鉄幹の「自我独創の詩」宣言は、多くの歌人に伝統から離脱することの大切さを教えたのだった。

そして、その影響を大きく受けることになる二人の女性が鉄幹の前に現れる。

与謝野晶子と山川登美子《やまかわとみこ》である。

鉄幹はこの時、林瀧野と結婚していて、子どももいた。

二人は妻子ある鉄幹に恋をし、それぞれ「自我独創」の歌の力をめきめきとつけていく。

そして、この二人との恋によって、鉄幹もまた大きく成長することになるのである。

山川登美子は明治十二（一八七九）年七月十九日に、福井県遠敷郡竹原村（現・福井県小浜市）に生まれた。代々、小浜藩主酒井家の重臣として仕えた武家である。

明治二十六（一八九三）年、小浜の雲城高等小学校を優秀な成績で卒業すると、一年間、歌道、書道、華道、琴などの稽古事に勤しんだ。旧家らしく子どもの頃から、歌の嗜《たしな》みはあったようだが、まさか鉄幹によって古典的な歌から「自我独創」の歌を詠むようになるとは、この時には予想だにできなかったことだろう。

明治二十八年、十六歳の時、登美子は大阪の梅花女学校に入学する。

「『みだれ髪』論」を書いた山崎ひかりによれば、登美子は画家を目指し美術学校への進学を考えていたが、この道は、父や姉達に反対されて閉ざされたとのことである。

明治三十三（一九〇〇）年八月、登美子は鉄幹と出会う。

鉄幹が大阪に講演に来たのである。

登美子は、何回か行われた鉄幹の講演のすべてに出席し、自分から鉄幹に、八月九日の夜、住吉で会いたいと伝えたという。

登美子は、長身で情熱的で丈夫ぶりの鉄幹に心を奪われたのだった。

ただ、この住吉の夜には、もうひとり女性がいた。

将来の与謝野晶子、この頃はまだ鳳志《ほうし》ようという二十二歳の女性である。

晶子は、堺県和泉国第一大区甲斐町（現・大阪府堺市堺区甲斐町）の和菓子屋「駿河屋」の家に生まれた。

堺女学校卒業後、同校補習科で学び、家業の店番、帳簿付けなどをしながら古典『しがらみ草紙』『文學界』などを読み漁った。

明治三十二（一八九九）年、河井酔茗《かわいすいめい》らのいた関西青年文学会に入り、鳳小舟《しょうしゅう》の名前で「よしあし草」に詩歌を発表したりしていた。

そして、登美子と同様、明治三十三（一九〇〇）年八月三日、晶子は、大阪に来た鉄幹に出会うのである。

熱い想いを歌に詠む

登美子と晶子は、鉄幹の講演会で出会い、そして、お互いが鉄幹のファンであるということで親しくなった。

明治時代文学の専門家である西尾能仁は、「二人の心の底に、ほのかな競争心が当人達も気づかないまま、静かに燃え始めていなかったとは断言できないように思う」（西尾能仁『晶子・登美子・明治の新しい女―愛と文学―』）という。

八月九日の夜、登美子が鉄幹に会いたいと言い、そこに晶子も同席した。

しかし、晶子は先に堺に戻り、登美子は鉄幹と二人で梅田駅まで一緒に歩いた。

以来、二人は『明星』に、鉄幹に向けた熱い「自我独創」の歌を発表していく。

あたらしくひらきましたる歌の道に君が名よびて死なむとぞ思ふ
（明治三十三年十月『明星』第七号）

その人の袖にかくれん名もしらず夢に見し恋あゝもろかりき
（明治三十三年十一月『明星』第八号）

これらは登美子が詠んだ歌である。
晶子も、登美子に負けず、鉄幹を思う歌を発表する。

わが歌に瞳のいろをうるませしその君去りて十日たちにけり
（明治三十三年九月『関西文学』第二号）

そして、『みだれ髪』に収録されることになるこの歌も、明治三十三（一九〇〇）年十月『明星』第七号に発表された。

やは肌のあつき血しほにふれも見でさびしからずや道を説く君

同年十一月、鉄幹は京都にやって来る。登美子と晶子に会うためであった。

そして三人で粟田山に泊まったのだった。

ここで、登美子は鉄幹と晶子に告白をする。

父が登美子と同郷の男・山川駐七郎との結婚を決め、それに従うため郷里の小浜に帰るというのであった。

それとなく紅き花みな友にゆづりそむきて泣きて忘れ草つむ
（明治三十三年十一月『明星』第八号）

登美子はこの歌を残し、歌の世界からも身を引いてしまう。

だが、登美子の結婚は、翌明治三十四（一九〇一）年十二月の夫・駐七郎の死で終わってしまう。肺結核だった。

そして、夫の死を悼む十首が、明治三十六（一九〇三）年七月号の『明星』に掲載される。


地にひとり泉は涸《か》れて花ちりてすさぶ園生に何まもる吾

今の我に世なく神なくほとけなし運命《さだめ》するどき斧ふるひ来よ

帰り来む御魂と聞かば凍る夜の千夜《ちよ》も御墓の石いだかまし

夫の死後、登美子は明治三十七（一九〇四）年四月、日本女子大学英文科予備科に入学し、翌三十八年一月には、晶子と増田雅子《ますだまさこ》との合著歌集『恋衣』を出版した。しかし同年十一月、急性腎臓炎に罹り、それがもとで呼吸器疾患を併発し、明治四十二（一九〇九）年四月十五日に亡くなってしまう。享年二十九であった。

その後の鉄幹と晶子

ところで、登美子が山川との結婚で恋のレースから退いた後、晶子と鉄幹はどうなったのか。

鉄幹は、明治三十三年八月、晶子のいる堺、濱寺で歌会を開く。

この後に晶子が詠んだ歌が、明治三十三年九月号の『明星』に掲載される。

かならずぞ別れの今の口つけの紅のかをりをいつまでも君

これに対する鉄幹の歌は、

京の紅は君にふさはず我が嚙《か》みし小指の血をばいざ口にせよ

つまりこの時、二人は結ばれたのだった。

鉄幹には瀧野がいた。不倫である。

明治三十四（一九〇一）年三月十日、『文壇照魔鏡　第一　与謝野鉄幹』と題された小冊子が発行される。

いちばん過激な第三の部の見出しを挙げてみよう。

第三　与謝野鉄幹
　鉄幹は如何なるものぞ
　鉄幹は妻を売れり
　鉄幹は処女を狂せしめたり

鉄幹は強姦を働けり
鉄幹は少女を銃殺せんとせり
鉄幹は強盗放火の大罪を犯せり
鉄幹は金庫の鍵を奪へり
鉄幹は喰逃に巧妙なり
鉄幹は詩を売りて詐欺を働けり
鉄幹は教育に藉口《しゃこう》して詐欺を働けり
鉄幹は恐喝取財を働けり
鉄幹は明星を舞台として天下の青年を欺罔《ぎもう》せり
鉄幹は投機師なり
鉄幹は素封家《そほうか》に哀を乞へり
鉄幹は無効手形を濫用せり
鉄幹は師を売る者なり
鉄幹は友を売る者なり

そして巻末に、「去れ悪魔鉄幹！　速《すみやか》に自殺を遂げて、汝の末路た（だ）けでも潔くせよ」と記すのである。
こんなことがあったからだろう、林瀧野は鉄幹を晶子に譲り、『文壇照魔鏡』の出た明治三十四年のうちに離婚、鉄幹と晶子は結婚することになるのである。
晶子は書いている。

私共の結婚は媒酌人が先に立って居ない、二人の愛の交感と思想上の理解が先になり基礎になって居ります。双方の霊と肉を愛重し合い愛重され合う関係に由って対等に協力して生きて行こうとするのが私共の実行して居る結婚生活です。愛の交感も思想上の理解もない男女が、男は女を見くびり、女は男に頼り過ぎて屈従しながら、それで良人であり妻であると云うことは私共の堪え得ない所です。

(『定本　与謝野晶子全集　第十五巻　評論感想集二』所収「人及び女として」)

晶子は鉄幹との間に十二人の子どもをもうけている(一人は生後二日で死亡)。
こうして二人は、行く先の見えない「晦渋」の時代を、新しい歌で切り拓いていくのである。

こう生きて、こう死んだ

与謝野鉄幹《よさのてっかん》

明治六（一八七三）年〜昭和十年（一九三五）年

京都に僧侶で歌人でもあった与謝野礼厳の四男として生まれる。寺が没落し、一時は他家の養子になるなど苦労して育った。早くから仏典、漢籍などを学び、女学校の教師となるも生徒と問題を起こし退職。上京して歌人、落合直文の門人となり、その後、新詩社を結成。機関誌『明星』を創刊し三度目の妻である晶子と共に浪漫主義運動の指導的役割を果たす。晩年は創作活動の不振に苦しんだ。気管支カタルにより死去。

与謝野晶子《よさのあきこ》

明治十一（一八七八）年〜昭和十七（一九四二）年

大阪の菓子商の家の三女として生まれる。旧姓は鳳、名は志よう。堺女学校卒業後、家業を手伝いながら雑誌に詩や短歌を発表。鉄幹主宰の新詩社社友となる。家を捨てて上京し鉄幹と結婚。第一歌集『みだれ髪』で注目を集めた。その後、『白樺』を中心に小説、評論、古典研究など多方面で活躍しながら十二人の子どもを産み、育てた。晩年は脳溢血を起こし、右半身不随となり、尿毒症の悪化により死去。

炎上案件 / 06

有島武郎の希う（ねがう）

『惜みなく愛は奪う』波多野秋子との無理心中

——私はそれを知りたいと希う。
しかして誰がそれを知りたいと
希わぬだろう。けれども私は
それを考えたいとは思わない

太初《はじめ》に道《ことば》があったか行《おこない》があったか、私はそれを知らない。然し誰がそれを知っていよう、私はそれを知りたいと希《ねが》う。しかして誰がそれを知りたいと希わぬだろう。けれども私はそれを考えたいとは思わない。知る事と考える事との間には埋め得ない大きな溝がある。人はよくこの溝を無視して、考えることによって知ることに達しようとはしないだろうか。私はその幻覚にはもう迷うまいと思う。知ることは出来ない。が、知ろうとは欲する。人は生れると直ちにこの「不可能」と「欲求」との間にさいなまれる。不可能であるという理由で私は欲求を抛《なげう》つことが出来ない。それは私として何という我儘であろう。しかして自分ながら何という可憐さであろう。

（有島武郎『惜みなく愛は奪う』）

「希望」の「希」には「布」という漢字が見える。「メ」は、布の縫い目を描いたものである。すなわち「希」とは、布目の細い所から一筋の光を求めるような「ねがい」で、ほとんど叶う可能性はないかもしれないが、万が一を信じるようなものである。

これに対して「願」は、一心不乱になって、他には何も考えず、自力で何が何でも実現してみせるという意味を持つ「ねがい」である。「原」はもともと「愿」と書かれていたが、これは「生真面目に心を精一にして一心に求めること」を表し、「頁」は「頭」を表して、つまり「ひたすら自力で一心に実現を目指す願い」を意味するからである。

有島武郎《ありしまたけお》（一八七八～一九二三）は、「私はそれを知りたいと希う」と書くが、それは漢字の意味から言えば、すでに叶わないと諦めながら、求めているものなのではないか。

よく知られた魯迅《ろじん》の言葉に「絶望の虚妄なることは、まさに希望と相同じい」（「希望」）というものがある。絶望というものも結局、自分の心が創り出している虚像であるとすれば、希望もまた同じ。

はたして、そうであれば、絶望の淵に立ったつもりで希望への一歩を踏み出そうというのであろうが、有島武郎にはその一歩を踏み出す勇気も力もなかったのだった。

人生の最後を無理心中でしめくくった有島のそこに至るまでの思いとはなんだったのか。

＊

光源氏・有島と与謝野晶子

有島武郎が愛妻・安子を喪ったのは大正五（一九一六）年のことだった。この時、武郎は三十八歳、三人の息子を産んだ安子は二十七歳だった。死因は肺結核である。

独身生活を続ける武郎の周りに、再婚相手としてたくさんの女性が現れる。この頃書かれた日記を見ると、武郎の心を動かした女性として、大杉栄《おおすぎさかえ》の愛人だった神近市子《かみちかいちこ》（一八八八〜一九八一）や与謝野晶子（一八七八〜一九四二）の名前が見つかる。

与謝野晶子は、すでに明治四十三年頃から武郎に恋心を抱いていたし、武郎も晶子に好意以上のものを持っていた。たとえば深尾須磨子『与謝野晶子　才華不滅』には次のように記される。

「あれはたしか、大正十一、二年の頃であった。晶子に敬愛の情を傾けていた有島武郎が、散歩にことよせて与謝野家の前を行きつもどりつしたのは。なにかのはずみに河崎なつからそんな話をきかされたわたしは、有島武郎もなかなか純情なところがある人だと思った。夫人と死別のその頃の武郎は、毛なみもよければ文名も高く、その環境も名望家ぞろいだったので、その家に出入する女性の数もきわめて多かったようだ。会うたびに晶子もよく武郎の名を口にした。わたしにもぜひ一度訪ねるようにといい〝武郎さんは沢山の女のひとに囲まれて、まるで光源氏のようですね〟などともいった。

ある日の午後、わたしは富士見町の与謝野家の二階に、晶子と向いあって坐っていた。晶子の前には、巻紙に書いた長文の手紙がひろげられていた。晶子は半ば涙声で〝武郎さんからのお手紙です。表向きにはだめなので、河崎さんが届けてくださるんですよ〟とむせび泣きつつ、わたしにも読むようにいったが、わたしは読まなかった」
武郎と晶子の間には、人には言えない関係があった。
そして、晶子は、それを句に詠んでいる。

思ふ人ある身はかなし雲わきてつくる色なき大ぞらのもと
（『常夏』明治四十一年七月）

おなじ火に燃えたまふべき心かと一たび問ひぬ死のしばしまに
（『佐保姫』明治四十二年五月）

紅き絹二つに切りて分つとき恋のやうにもものの悲しさ
（『青海波』明治四十五年一月）

大正八（一九一九）年頃、二人の間は最も燃えさかっていた。それは晶子の『火の鳥』の句に明らかである。

君見れば心たちまちときめきぬものの蕾の花咲くごとく

心をば洗はんと吹く秋風に触れじと籠り消息を書く

夫・鉄幹は、晶子を娶《めと》っても前妻の林瀧野と別れようとはしなかった。そんなこともあって、初めこそ激しかった鉄幹と晶子の愛は、急速に冷え切っていた。

そして、そこに現れたのが、名家の出身で、清廉潔白を衣にまとったような白樺派《しらかばは》の小説家であり評論家でもあった武郎だった。武郎は、その頃の女性たちにしてみれば、芥川龍之介など及びもつかぬほどの人気作家だったのだ。

与謝野鉄幹は、明治四十四年十一月に一年程度の滞在予定でパリに旅立つが、十一月になるとまもなく、晶子は麹町区中六番町（現・千代田区四番町九―三）に転居している。ここは武郎の家（現・東京都千代田区六番町三―五）から歩いて五分もかからない。

二人の関係を想像するのはこの辺りでやめるが、有島武郎追悼号の「泉」（大正十二年八月）に、晶子が「悲しみて」と題し二十句を詠んだ中に、こうした句があることは、多くの人が知るところである。

書かぬ文字云わぬ言葉も相知れどいかがすべきぞ住む世隔たる

そして、二人の精神的な繋がりを、晶子の夫である与謝野鉄幹も知らないわけではなかった。肉体的な関係があったのかどうかはまったく分からないにしても。

人妻との心中

ところで、武郎は、波多野秋子《はたのあきこ》（一八九四～一九二三）という人妻と心中した。秋子は、中央公論社『婦人公論』の編集者である。夫の春房《はるふさ》はアメリカに留学した経験を持つ英語教師だった。

大正十二（一九二三）年六月九日の夜中に縊死、発見されたのは七月七日のことだった。この数カ月前の同年二月二十五日付で、叢文閣社主・足助素一《あすけそいち》に、武郎は、こんな手紙を書いている。

「この先、どんな運命が来るかわからない。この頃は何だか命がけの恋人でも得て熱いよろこびの中に死んでしまうのが一番いい事のようにも思われたりする。少し心が狂い出しているなと自分でも思うが」（足助素一「淋しい事実」）

すでにこの頃から、武郎は自殺、あるいは情死《じょうし》を考えていたのかもしれなかった。

ただ、同年三月十五日付の武郎から秋子宛の手紙は次のようなものだった。

「愛人としてあなたとおつき合いする事を私は断念する決心をしたからです。あなたにお会いするとその決心がぐらつくのを恐れますから今日は行かなかったのです。私は手紙でなりお目にかかってなり波多野さんに今までの事をお話してお詫びがしたいのです」（『東京朝日新聞』一九二三年七月十二日付）

だが、詫びると言っても、二人にはまだ肉体的な関係はなかった。

武郎と秋子は、死の二日前、入院中の足助素一を訪ねて話をしている。

「秋子との関係が春房に知られて、賠償金を出せ云々と罵倒された……それで、とうとう……それほど僕を思うのなら……姦夫《かんぷ》になってやれ、って決心したんだ。（六月）四日、とうとう僕等は行く所まで行ったんだ」（足助素一「淋しい事実」）と。

二人が肉体関係を持ったのは、死のわずか五日前だったということになろう。

そして、武郎と秋子は、足助に「心中」の決意を話すのだ。

これに対して、足助は「この人（武郎）には三人の幼い子がいるのだ」と秋子にも言って死を思い止まるよう懇願したというのだが……もう、二人は完全に「心中」の虜《とりこ》になってしまっていた。

「二人で解《わか》ってさえ居ればいいのね」と秋子は、この時、武郎を見つめて言ったという。

六月八日、軽井沢にあった武郎の別荘・浄月庵に着くと、遺書数通を二人で記して、縊死したのだった。

「愛の前に死がかくまで無力なものだとはこの瞬間まで思わなかった」と足助宛遺書にはあった。

また三人の子どもにはこんな手紙が遺されていた。

「三児よ父は出来るだけの力で戦って来たよ。こうした行為が異常な行為であるのは心得ています。皆さんの怒りと悲しみとを感じないではありません。けれども仕方がありません。如何戦っても私はこの運命から逃れることが出来なくなったのですから。私は心からのよろこびを以てその運命に近づいてゆくのですから。凡《すべ》てを許して下さい。皆さんの悲しみが皆さんを傷つけないよう」

何が有島を死に導いたのか

武郎がいう「この運命」というもの、すなわち武郎を自殺に導いたものは何だったのか。

文芸評論家・唐木《からき》順三《じゅんぞう》は、「妻の不貞を種に金銭を要求する夫に習俗《しゅうぞく》中の習俗を感じ」(『自殺について』)て、二人の恋愛を美化するためであったという。ここでいう「習俗」とは、つまり卑しい下品さを言うものである。

これに対して、内村鑑三《うちむらかんぞう》は次のように言う。

「有島君には大なる苦悶があった。此苦悶があったらばこそ彼は自殺したのである。そして此苦悶は一婦人の愛を得んと欲する苦悶ではなかった。此は哲学者の称するコスミックソロー（宇宙の苦悶）であった」（内村鑑三「背教者としての有島武郎氏」）

内村鑑三によれば、キリスト教を捨て、共産主義を試み、文学で社会的に名をなした武郎だったが、そうした成功によって「益々《ますます》孤独寂寥の人となった。彼は終に人生を憎むに至った。神に降参するの砕けたる心は無かった。故に彼は神に戦いを挑んだ。死を以て彼の絶対的独立を維持せんと欲した」（同前）のだと言う。

二人の意見は、それぞれ、武郎の持っていた「現実」と「理想」の極端なところを捉えたものと言えるだろう。

また、文学史的な流れで言えば「文学と政治とが分離に悩み始めた時代を負わされた作家」（高橋春雄「有島武郎ノート」）であり、その分離の間で、活路を見いだせなかったための「自殺」であったとも言える。

有島武郎の名前を遺す作品のひとつを挙げろと言われれば、やはり『或る女』だろう。

武郎は、足助の叢文閣から一九一九年に本書を出すに当たって、広告文を自ら書いた。

「畏《おそ》れる事なく醜にも邪にもぶつかって見よう。その底には何があるか。若しその底に何

もなかったら人生の可能は否定されなければならない。私は無力ながら敢えてこの冒険を企てた」(『有島武郎全集』第六巻)

『或る女』は、武郎が一九一一年から八年を掛けて書いたものだった。ヒロインは国木田独歩の妻であった佐々城信子で、彼女の人生を事実からフィクションへと昇華させながら描いたものである。武郎は、このヒロインに託して、「人生の可能」を求めたのだった。

しかし、結局、それは見つけられなかった。

大正九(一九二〇)年の評論集『惜みなく愛は奪う』に、武郎は次のように記している。

「愛が完《まっと》うせられた時に死ぬ、即ち個性がその拡充性をなし遂《と》げてなお余りある時に肉体を破る、それを定命《じょうみょう》の死といわないで何処《どこ》に正しい定命の死があろう」

「定命」とは天から定められた運命のことを言う。

武郎は、本書を書いてから、急速に筆の力を失い、書けなくなっていく。

だれにでもある、スランプだとも言える。しかし、スランプを超えるために伸びた手は、波多野秋子という美しい編集者をつかんだのだった。

残念ながら、秋子は武郎に書く力を与える存在ではなかった。

武郎は、秋子に「希望」の光を見いだすことができず、次の作品を書くという自分の「願い」を将来に託すこともできないまま、自殺したのではなかったか。

こう生きて、こう死んだ

有島武郎《ありしまたけお》

明治十一（一八七八）年～大正十二（一九二三）年

東京に旧藩士で大蔵省官吏、実業家の長男として生まれる。父の方針で米国人家庭で育てられる。ミッションスクールである横浜英和学校に入学。学習院を経て札幌農学校に進学。内村鑑三の影響でキリスト教に入信。卒業後はアメリカに留学し、帰国。この頃、信仰への疑問を持ち、キリスト教から離れる。母校で英語教師を務めた後、上京して『白樺』創刊に参加。妻と父を相次いで亡くしたことを機に本格的な作家活動に入り、一躍、流行作家となる。また、社会主義への関心から父から相続した北海道の農場を小作人に無償譲渡した。独自の哲学をまとめた『惜みなく愛は奪う』を刊行後、創作不振に陥り、軽井沢の別荘で人妻であった波多野秋子と心中した。代表作は『カインの末裔』『或る女』など。長男は黒澤明《くろさわあきら》監督『羅生門』、溝口健二《みぞぐちけんじ》監督『雨月物語』などで主役を務めた俳優の森雅之《もりまさゆき》。

炎上案件 / 07

鈴木三重吉の腐れ縁（くされえん）

飲めば暴れる三重吉と二番目の妻・らく子

——一日も早く三重吉との腐れ縁からきれいさっぱりと手を切ってしまいたい一念に燃えていた

らく子は目に一杯涙を溜《た》めて――その涙が頬を伝ってこぼれ落ちるのを拭《ぬぐ》おうともせずに、無言のままくやしがった。しかし、彼女の本心は、もうどうでもいいから、一日も早く三重吉との腐《くさ》れ縁《えん》からきれいさッぱりと手を切ってしまいたい一念に燃えていた。

（小島政二郎『眼中の人』）

「腐れ縁」は江戸時代の後半になって創られた言葉で、もともとは「鏈《くさ》り縁」と書かれた。「鏈」とは「鎖」のことで、切れずにどこまでも長く続いている金属製のチェーンである。しかし、続いているだけではなく、繋がっていることで二人の関係がズブズブと腐れて、どうしようもなくなってしまうことから「腐れ縁」と書かれるようになり、嫌で別れるが、またくっついてしまい、やっぱりダメで、また別れて……という意味になってしまった。

「日本の児童文化運動の父」とされる鈴木三重吉《すずきみえきち》（一八八二～一九三六）は、二番目の妻・らく子を虐待し、腐れ縁をなかなか切ろうとしなかった。

＊

らく子への虐待

鈴木三重吉と言えば、子どもたちのための童話や童謡を掲載し、全国に広める役割を果たした児童雑誌「赤い鳥」がすぐに思い浮かぶ。

新美南吉《にいみなんきち》の「ごんぎつね」や芥川龍之介の「蜘蛛の糸」なども、三重吉の「赤い鳥」がなければ生まれてこなかっただろう。

だが、こうした経歴とはとても結びつかないような性癖が三重吉にはあった。

三重吉は、広島市猿楽町（現・中区紙屋町）に生まれた。

九歳の時に母と死別した三重吉は、少年の頃から文学の才能を発揮する。十五歳の時に書いた「亡母を慕ふ」という文章が雑誌「少年倶楽部」に、また「天長節の記」が雑誌「少国民」に掲載されたのだ。

第三高等学校から東京帝国大学文科大学英文科に入学すると夏目漱石から講義を受け、さらに文学への強い興味を抱いたが、激しい神経衰弱に襲われ、大学を休学し、江田島で療養する。この時、「千鳥」という小説を書いて漱石に送ると、まもなく雑誌「ホトトギス」に掲載されることになり、これが実質上のデビュー作となった。

だが、この頃から、三重吉は、酒なしには生きられないようになっていたらしい。

飲み始めると止められなくなり、一晩にひとりで一升空けることも少なくなかった。

そして、飲めば、暴れる。

人のことを罵倒し、喧嘩を仕掛けて、周りにあるものを投げる、壊す。

明治末大正初年頃、ふぢという女性と結婚するが、どうやら酒のせいですぐに二人の関係は破綻したらしい。

そして、三重吉は三十四歳の時、河上らく子という女性と再婚する。

まもなく二人の子どもが生まれ、大正七（一九一八）年、三十六歳の時に雑誌「赤い鳥」を創刊する。

小説を書く才能に見切りを付け、童話や童謡といった児童文学へと活路を見いだしたのだが、それには自身の子どもが生まれたことが大きな理由だったという。

さて、慶應義塾大学を出たばかりの若い作家・小島政二郎《こじままさじろう》（一八九四〜一九九四）が、「赤い鳥」の編集を手伝ったのは、創刊から四年後の大正十一（一九二二）年のことだった。

この時、三重吉は三十九歳、妻のらく子は二十四歳。

じつは、らく子の妹・みつ子は十四歳で、三重吉の家に同居していて、小島と恋愛関係にあり、将来、結婚を約束していたのだった。

三重吉は「赤い鳥」の編集の仕事を夕方終えると、酒を飲み始める。

「長年の乱酒が祟って、酒飲み特有の澱《よど》んだ色の皮膚がたるんで、狼の皮衣《かわごろも》を着たように全身が頽廃《たいはい》していた」（小島政二郎『眼中の人』）と、小島は、三重吉のこの頃の姿を記している。

そして、「三重吉は、時を隔《へだ》てて酒に酔っては獣のように荒らびた」のだった。

そして、らく子を虐待した。

「癇癪《かんしゃく》を起こすと、もっとひどいことだってし兼ねないんですから――。それに、男らしくカーッと怒って、サーッと忘れてしまうんならいいんですけれど、鈴木のは、いつまでもプスプス燻《いぶ》っていて、とてもイヤな怒り方ですの」（同前）

と、らく子は、小島の家に、三重吉の虐待を逃れるためにやって来て訴えたのだった。

「このまま鈴木にいたら、私、しまいには殺されてしまいますわ……小島さんはご存じないけれど、この二、三年私の体には痣《あざ》の絶え間がない位、いじめられ通しですのよ」（同前）

小島は、三重吉に酒をひかえるようにと何度も懇願した。そして誓約書も何通も書かせた。

三重吉も言われた時には、それに応じたたし、誓約書にも判を突くのだが、飲み始めるとおなじ事を繰り返す。

離婚の結末

らく子は、心身ともに疲れ果て、気力も失い、やつれていった。

見かねた小島は、牛込にあった尼寺に頼んで、らく子をかくまってもらった。

そして、馬場孤蝶《ばばこちょう》に頼んで弁護士を紹介してもらい、三重吉とらく子の離婚の交渉を依頼したのだ。

しかし、離婚は成立したが、らく子にとっては辛い結末が待っていた。

「結局において、らく子は二人の子供のいずれをも我が物にすることが出来なかった。上の女の子は、三重吉の祖母の里に養女にやることにらく子も同意していたことを彼女は思い出させられたに過ぎなかった。そうなれば、下の男の子は、鈴木家の嫡男ゆえ、これはどうすることも出来ないことは説明されるまでもなかった。（慰謝料の）七十円の金は、巧みな三重吉の説明によって、実に合理的に三十円に値切られた」（同前）

当時の三十円を、現在のお金の価値に直せば、二十万円にも満たない金額である。これが、児童文学の父と言われた男の真実の姿だった。

「三十円ではどうにもならなかった。生活――その声に、彼女は泣き悲しんでばかりはいられなかった」（同前）

らく子は、外国人に日本語を教える先生を養成するための日本語学校へ通うようになった。

三重吉は、まもなく小泉濱（「はま」とも）という女性と知り合い、結婚した。濱への虐待を、小島は記していないが、三重吉が酒を飲むと暴虐に及ぶことは、里見弴《さとみとん》や北原白秋《きたはらはくしゅう》も記している。

三重吉にとって、本当の「腐れ縁」は酒だったのかもしれない。

こう生きて、こう死んだ

鈴木三重吉《すずきみえきち》

明治十五（一八八二）年～昭和十一（一九三六）年

広島県生まれ。九歳の時に母をなくす。東京帝国大学文科大学英文学科在学中、神経衰弱により休学。その間に執筆した小説「千鳥」が夏目漱石に認められ『ホトトギス』に掲載。卒業後も教師をしながら創作活動を続けたが、才能の行き詰まりを感じて筆を折る。長女が生まれたことをきっかけに児童文学を手掛け、自ら主宰して児童文芸雑誌『赤い鳥』を創刊。子どもに質の高い児童文学を提供するため、当時活躍していた作家に児童文学の執筆を働きかけ、芥川龍之介「蜘蛛の糸」、新美南吉「ごんぎつね」、有島武郎「一房の葡萄」などの小説や、西條八十《さいじょうやそ》「かなりや」、北原白秋「からたちの花」といった童謡など、優れた作品を多く世に送り出し、日本の児童文化運動の父と称された。私生活では、ふぢ、らく子、濱と生涯に三度の結婚をした。また、漱石門下でいちばん酒癖が悪く、漱石からもたびたびたしなめられている。晩年は喘息を患い入院。没後に肺がんと診断された。

炎上案件 / 08

紅吉へのらいてうの赦し（ゆるし）

カミングアウトした同性愛

——御赦し下さい。
なおったら、なおったら、
一生懸命になって勉強します、
私の勉強があなたへの
送り物なのです

私は、どんな運命になっても、あなた、を忘れません、私は、私は、只、只、……ああ、もうかく事も出来なくなりました。

今日はいろいろ御心配をかけました。

御赦《ゆる》し下さい。なおったら、なおったら、一生懸命になって勉強します、私の勉強があなたへの送り物なのです。

（尾竹紅吉、平塚らいてう宛手紙、明治四十五年八月刊『青鞜』所載、平塚らいてう「円窓より」）


「ゆるす」という言葉は「許す」と書くか「赦す」と書くかで意味が変わる。

「許」の右側の旁《つくり》は、お餅を搗《つ》いたりするときに使う「杵《きね》」である。これは上下に動かすことで、力の加減がなされる。このように、上下にズレや幅を持たせることで、「これくらいでいいか」と許すことをいう。「許可」「許容」などという言葉は、それを表すものである。

これに対して、「赦」は、「恩赦《おんしゃ》」「赦免《しゃめん》」などの熟語で使われるように、何か「禁じられた」ことがあって、その「禁」を緩めることによって、人を赦すことである。

紅吉《こうきち》が、らいてうに嘆願する「お赦し下さい」という言葉は、何に対して赦しを乞う言葉だったのか。

運命の出会い

平塚《ひらつか》らいてう（一八八六〜一九七一）という名前は、明治四十四（一九一一）年創刊『青鞜』発刊に際して書かれた「元始、女性は実に太陽であった」とともに、文学史の中で燦《さん》然《ぜん》と光り続けている。

らいてうは、『青鞜』創刊から一周年を迎える頃、互いに強く惹《ひ》かれあった女性と同性愛の関係にあった。

相手の名前は、尾竹《おたけ》紅吉（一八九三〜一九六六）である。

紅吉とは文筆をする時のペンネームで、本名は尾竹一枝《かずえ》、陶芸家・富本憲吉《とみもとけんきち》と結婚し、富本一枝の名前で書店を経営しながら『暮しの手帖』に童話などを連載していた。

また、父である日本画家・尾竹越堂《えつどう》の教育によって若い頃から画家としての才能にも溢れ、女子美術学校日本画科に入学し、『青鞜』の一周年記念号の表紙を任されたりもしている。

さて、らいてうと紅吉の急接近があったのは、紅吉が十九歳の時のことだった。

紅吉は、前年の秋、叔父・尾竹竹坡《ちくは》宅で『青鞜』を知り、大阪から上京して、明治四十五（一九一二）年二月十九日にらいてうに会った。

紅吉（まだこの頃は、「一枝」で「紅吉」のペンネームは使っていない）は、らいてうをひと目見て、「何人よりも私はこの人を愛するようになるのではなかろうか」と「身体が震えていたのがわかって怖いほどだった」と後に記している（「痛恨の民」）。

そして、らいてうの方も「細かい、男ものの久留米絣《くるめがすり》の対の着物と羽織にセルの袴《はかま》をはき、すらりと伸び切った大きな丸みのある身体とふくよかな丸顔をもつ可愛らしい少年のような」紅吉を見て、「不思議」の感に囚われたという（『元始、女性は太陽であった　下』）。

忘れられない一夜

さて、その年の五月十三日、『青鞜』の編集で泊まり込みになった夜、紅吉とらいてうは、生涯忘れられない体験を持ったのだった。

らいてうは「円窓より」にその時のことを次のように記している。

「紅吉を自分の世界の中なるものにしようとした私の抱擁と接吻がいかに烈しかったか、私は知らぬ。知らぬ。けれどああ迄忽《しきり》に紅吉の心のすべてが燃え上ろうとは、火になろうとは」
紅吉も、「或る夜と、或る朝」（『青鞜』）としてこの時のことを発表する。

十四日の朝さ――

死ぬ迄、自分自身が悦《よろこ》んで、嬉しがって書き残す日は、来ないだろう。私も来てほしくない。日記と云う物がもっと秘密にしたわ《マ》せひ《マ》、そして堅実なものなら、私は昨夜の凡《すべ》てを書きたい。（中略）私の心は、全く乱れてしまった、不意に飛出した年上の女の為めに、私は、こんなに苦しい想を知り出した。（中略）その年上の女を忘れる事ができない。ＤＯＲＥＩになっても、いけにえとなっても、只、抱擁と接吻のみ消えることなく与えられたなら、満足して、満足して私は行こう。

この日から紅吉は、毎日のように、らいてうに「会いたい」という手紙を送り続ける。らいてうも、紅吉に「少年」に対するように愛を抱くのだが、紅吉はまもなく結核と診断されて、茅ヶ崎にあったサナトリウムである南湖院に入院するのである。
ほんの二、三カ月で退院したところを見ると、本当にこの時、紅吉が結核に罹っていたのかどうか、うたがわしくもあるが、この入院の最中に、らいてうと紅吉の「愛」は、崩れ去ってしまうのだ。

皮肉な別れ

らいてうは紅吉を見舞うために、漁師の家を借りて夏を過ごす。この時、『青鞜』の発売所の若主人・西村陽吉《にしむらようきち》が、奥村博史《おくむらひろし》という若い男を連れて、らいてうと紅吉に会いにやってくる。

はたして、ある暴風雨の夜、らいてうは奥村と関係を持ち、それが、勘の良い紅吉に知られてしまうのである。

らいてうは後年「自伝」で、「他から見て同性愛というならば、紅吉のわたくしに対して抱いた感情は、『同性への恋』であったでしょうが、わたくしとしては紅吉の生まれながらもっている類のない個性的な魅力にとらわれていたことは事実としても、いわゆる同性愛的な気持で、紅吉をうけいれていたのではありません」と書いている。

しかし、らいてうは、紅吉に宛てた手紙のなかで「私の少年よ。らいてうの少年よ」と熱く呼び掛け、「同性の恋」と一度ならず書いて、愛を伝えていたのである。

時代が同性愛を許さなかったということもある。

紅吉が結婚した富本憲吉も、紅吉の周りにはいつも女がいると言って、紅吉と別居したのだった。

江戸時代まで、我が国では、同性愛は当たり前に行われていた。咎《とが》めるものは誰もいなかったし、赦すも赦さないもないことだった。

ところが、それが、明治の近代化とともに「赦されないこと」になってしまう。新しい尺度によって、「粋」と呼ばれた浮世は消え、同性を愛することさえもできなくなった社会が生まれてくる。

紅吉は、らいてうにではなく、世間に対して「赦し」を乞わなければならなかったのである。

こう生きて、こう死んだ

平塚《ひらつか》らいてう《らいちょう》

明治十九（一八八六）年〜昭和四十六（一九七一）年

東京に明治政府の高級官吏の三女として生まれる。本名、明《はる》。日本女子大学校（現・日本女子大学）卒業。文学会で知り合った森田草平《もりたそうへい》と心中未遂事件を起こしスキャンダルに。二十五歳で『青鞜』を創刊。恋愛と結婚の自由を説き、女性解放運動をリードした。画家、奥村博史と事実婚のまま二児をもうける。戦後は反戦、平和運動に力を注いだ。胆嚢胆道癌のため死去。

尾竹紅吉《おたけこうきち》

明治二十六（一八九三）年〜昭和四十一（一九六六）年

富山県に日本画家、尾竹越堂《えつどう》の長女として生まれる。女子美術学校（現・女子美術大学）中退。平塚らいてうに心酔して『青鞜』に参加、詩や随筆を発表するかたわら、『青鞜』一周年記念号の表紙なども手掛けた。バーでの飲酒（「五色の酒事件」）、吉原遊廓の見学（「吉原登楼事件」）など奔放な言動が「新しい女」として批判され、青鞜社を退社。陶芸家、富本憲吉と結婚。一男二女をもうけるが後に別居。晩年まで執筆活動を続けた。

炎上案件 / 09

漱石の長女と久米正雄の機（おり）

筆子をめぐる久米正雄と松岡譲の恋愛事件

——事件の真相に就いては、
いずれ発表の機もあろう。
僕がその書くなど云われても
書かずにはいられない告白小説を

事件の真相に就《つ》いては、いずれ発表の機《おり》もあろう。僕がその書くなと云われても書かずにはいられない告白小説を、棺《かん》を蔽《おお》うに先だって自ら屍《しかばね》を洗う覚悟を以て書く時、その時こそかくも人の運命を狂わしむる罪が、果して誰人にあるのか解るであろう。僕はその決心を初めて固めた。

（久米正雄『破船』）

「機」という漢字は、ここでは「機会」という意味で使われている。しかし、この「機」は何かを根本から変える出来事としてとても深い意味を持っている。

『荘子《そうし》』（天地篇）に次のような文章がある。

「機械《きかい》あれば機事《きじ》あり　機事あれば機心《きしん》あり」

孔子の弟子である子貢《しこう》が旅行中、一人の老人が、井戸からいちいちバケツで水を汲《く》んでは畑に撒《ま》いているのを見ていた。その手間と労力を見かねた子貢が、老人にこう言う。

「あなたは『はねつるべ（長い横木を使った天秤式の水汲みの仕掛け）』を知らないのですか？『はねつるべ』を使えばもっと楽に作業できるのに」

すると、老人は次のように答えたのだった。

「『はねつるべ』を知らないことはないけれど、機械を使うと、機事（それがないと対処できない事態）が起こってくる。機事が起これば機心（機械に頼る心）が起こる。だから私はそれを使わないのだ」

一旦「便利なもの」を使い始めると、人は、もうそれなしには生活ができなくなってしまう。スマホやパソコンなど、考えてみれば分かるだろう。

久米正雄《くめまさお》は発表の「機」を見つけて小説を発表する。そのことによって、旧友松岡《まつおか》譲《ゆずる》と絶交に至るのだった。

✽

漱石も知らなかった久米正雄の恋

夏目《なつめ》漱石《そうせき》が亡くなったのは、大正五（一九一六）年十二月九日のことだった。

最後の言葉は「いま、死んじゃこまる。いま死んじゃこまる。ああ苦しい。ああ、苦しい」（臼井吉見『大正文学史』）というものと、「何か喰いたい」と言って葡萄酒を飲み「うまい」と言った（嵐山光三郎引「夏目伸六談」）などさまざまであるが、何日かに及ぶ漱石の看病の間に、漱石門下の小説家久米正雄は、漱石の長女、筆子《ふでこ》（一八九九〜一九八九）のことを想うようになっていった。

しかし、大正時代、男が直接、想う女性に、結婚を申し込むということはなかった。結婚をしたいと思えば、まず女性の両親のどちらかにそのことを告げ、許しをもらわなければならなかったのだ。

久米も、もちろん、そんなことを知らないわけではない。

漱石が亡くなってしまった以上、結婚の許しは、漱石の妻である鏡子《きょうこ》にお願いしなければならなかった。

鏡子は、「分かりました」と言ったが、でも、すぐにというわけにはいかないから、筆子にその意思があるかどうか、それからゆっくりと二人の関係を築いてからにしましょう、と言ったのだ。漱石没後まもなくのことでもあるし、当然、すぐに結婚というわけにもいかなかっただろうことは容易に推測できる。

ところが久米は、漱石門下の人々に「筆子さんとぼくは結婚します！」と軽々しく宣伝してしまうのだ。

これに対し、漱石門下の小宮豊隆《こみやとよたか》、鈴木三重吉、森田草平《もりたそうへい》、野上豊一郎《のがみとよいちろう》、安倍能成《あべよししげ》らが反対した。彼らはまず、久米の文学に深さがないこと、とても漱石の後を継ぐような人物ではないことを主張した。

そして、そんな久米攻撃が行われている最中、筆子に一通の怪文書が届けられる。

久米さんをお婿様になさろうと御思いになる位では、あなた様は何も御承知ない事と存じますが、あの方はそれはそれは卑《いや》しい御方です。まえから自分の下宿していた家の若い方のおかみさんに、半年余り執念《しゅうね》く手を出してとうとうそれが年寄のおかみさんに見つかって、そこを追い出されたような下劣な方です。（中略）また久米さんは、道徳の上に欠点があるばかりでは無く、生理的にも欠点があるので御座います。（中略）あの人の性器は生理的に不具《ふぐ》でございます。

（川西政明『新・日本文壇史』「漱石の死」）


この手紙は、筆子にだけではなく、小宮など、鏡子に近い数名にも届いていた。

皆が驚かないはずはない。

だれが書いたのか？

これは、すぐにばれてしまう。

後に、『女の一生』『路傍の石』『真実一路』などの作品で知られることになる山本有三《やまもとゆうぞう》が書いたものだった。

じつは山本は、久米の小説『手品師』でモデルにされ、久米をうらんでいたのだった。この怪文書のこともあり、久米は鏡子に、筆子のことは諦めると言わざるを得なかった。これに対して筆子は、「久米に愛情を感じてきたのに、こんなことで話がなくなるのは嫌だ」と言った。

なんと、久米は一転して、筆子との結婚が叶うものと思って舞い上がっていく。

恋敵・松岡譲の登場

さて、ここに、漱石門下と言いながらほとんど目立たなかった松岡譲という久米の友人がいた。

松岡は、新潟県古志郡（現・新潟県長岡市）の真宗のお寺の長男として生まれ、東京帝国大学卒業後は寺を継ぐことになっていた。

ところが、仏門の腐敗を子どもの頃から見てきた松岡は、ちょうど久米が筆子との結婚話に右往左往している間に一旦帰郷し、父親からの経済的援助を断り、自分なりの道を歩むことを決意して、再び上京してきていた。

それを知った漱石の家では、松岡が二人の男の子、純一《じゅんいち》と伸六《しんろく》の家庭教師になってくれれば経済的な援助をしようということになり、松岡は葉山で夏目家のみなと夏休みを過ごすことになった。

はたして、ここで久米には信じられないことが起こってしまう。

筆子は松岡に親しみ以上の気持ちを持ちはじめ、また夏目家のみなからも「家族」の一員として認められるようになってしまうのだ。

この後、久米は、筆子との結婚に際し、自分の兄を鏡子と筆子に紹介しようとして観劇を企図《きと》する。

しかし、その日、どうしたことか、鏡子も筆子も帝国劇場に現れない。

久米は、その理由を松岡に訊くのだが、松岡は馬鹿にしたように笑ったと久米は言う。

久米は、鏡子に恨み言を綴った手紙を出し、その中で松岡の嘲笑についても触れて、松岡を詰《なじ》った。

そして、程なく久米は雑誌『新潮』に、漱石が亡くなって以来の夏目家の内情と自分と筆子との関係を小説として発表したのだった。

これが、鏡子の逆鱗《げきりん》に触れる。

そして、鏡子は久米に引導《いんどう》を渡す。

「一体貴方は何故、私のいう通りに、下らない小説なんぞ書くのを、おやめにならないんです。前から私が呉々もいっているじゃありませんか。生活費位は何とかして補助して上げますから、今から下らない小説なんぞ、決して書かないようになさいって」（久米正雄『破船』）

そして、鏡子は久米に、筆子ももはや久米との結婚の意思がないと伝え、夏目家への出入りさえ禁じたのだ。

久米にできることは、松岡に絶交を告げることとくらいだった。

二人の絶交

大正七（一九一八）年四月十二日の『東京朝日新聞』に「漱石氏令嬢の思いが叶ってめでたく結婚――噂の久米正雄氏ではなく新郎は文学士松岡譲氏」の記事が、大きく発表される。

この記事は、記者が書いたものに松岡が手を入れて、ほとんど全文を直したものと言われている。

この中で、筆子の思いは「松岡さんあっての久米さんであった」として、久米との間にはほとんど愛情はなかったということ、そして久米が自分だけで空回りして松岡と絶交したことなどが述べられていた。

新聞紙上で、久米の愚行が暴露されてしまったのだった。

この後、久米は、怒りに震えるように「夢現」「敗者」「帰郷」「和霊」「墓参」、そして長編『破船』と、次々に、漱石没後からの筆子、鏡子、松岡と自分のことを事細かに小説として発表していき、いずれもベストセラーとなった。

とくに大正十一、十二年に前・後編が刊行された『破船』は、漱石の「それから」と「こころ」をパロディにして、筆子と松岡と自分のことを書いたものだと言われている。

読者はこの話を読みながら、松岡こそが横から出てきて筆子を盗んだ悪人だと罵《のの》った。

松岡と筆子のあいだには二人の女の子が生まれたが、近所の子どもが二人と遊んでいると、母親が出てきて「あんな悪人の子どもとあそんではいけません」などと叱ることもあったとさえ言われている。

これに対して、松岡も黙ってはいなかった。『憂鬱な愛人』「耳疣《みみいぼ》の歴史」を書いて、筆子と自分の愛を描いたのだった。

この筆子を巡る久米、松岡の絶交は、俗に「破船事件」と呼ばれている。

さて、「機」をとらえたのは、どちらだったのだろうか。

こう生きて、こう死んだ

久米正雄《くめまさお》

明治二十四（一八九一）年〜昭和二十七（一九五二）年

長野県生まれ。幼くして父を自殺で失い、母の郷里、福島で育つ。東京帝国大学卒業。在学中から創作活動を始め、漱石門下となる。漱石の娘、筆子との恋愛事件をテーマにした小説が注目を集め、通俗小説の大家となる。その作品の多くは映画化もされた。元芸妓と結婚。戦後に松岡譲と和解し、共に夏目漱石賞を創設するも主催出版社の倒産により一回で終わった。晩年は高血圧に苦しみ、脳溢血で急逝。

松岡譲《まつおかゆずる》

明治二十四（一八九一）年〜昭和四十四（一九六九）年

新潟県で僧侶の父のもとに生まれる。本名、善譲《ぜんじょう》。東京帝国大学在学中に漱石門下となる。また、学友の久米正雄、山本有三、菊池寛《きくちかん》らと文芸雑誌『新思潮』を創刊。漱石の長女、筆子と結婚し世間の注目を集め一時筆を断つが、やがて活動を再開させ自伝小説『法城を護る人々』はベストセラーに。漱石の妻、鏡子の口述をまとめた『漱石の思ひ出』も広く読まれた。漱石鑑定家としても知られる。脳出血のため死去。

炎上案件 / 10

北原白秋の謬る（あやまる）

隣家の人妻との道ならぬ関係

――ただ身体を大切にして、自暴自棄に陥らぬよう、軽薄な人や世間をうっかり信じて一生を謬って下さるなもう何も云いません。ただ身体を大切にして、自暴自棄に陥らぬよう、軽薄な人や世間をうっかり信じて一生を謬《あやま》って下さるな。あれほどの二人の仲が、こうまで浅ましい事になろうとは私もゆめにも思わなかった。

（北原白秋、一九一四年八月一日付最初の妻・福島俊子宛書簡）

「謬る」は、「誤謬《ごびゅう》」という熟語で使われることがあっても、今となってはほとんど「あやまる」という訓読みでは読まないのではないだろうか。

「謬」とは、「もつれて筋道をあやまったこと」を言う。また「言偏」がついているように「言葉がもつれて食い違う」ことも言ったりする。

北原白秋《きたはらはくしゅう》（一八八五〜一九四二）が好きになって結ばれた俊子《としこ》は、隣家の若い人妻だった。

俊子の主人は、白秋と俊子を、人としての「筋道」を謬った「姦通罪」で告訴してしまう。はたしてそうした苦難を乗り越えて二人は結婚するのだが、北原家の人との確執に悩み、俊子は離婚を余儀なくされてしまうのだった。

「一生を謬って下さるな」と書く白秋の真意はなんだったのだろうか。

妖艶と蠱惑とに満ちた怪しい女

北原白秋が処女詩集『邪宗門』を出版したのは、明治四十二（一九〇九）年のことだった。「言葉の魔術師」と呼ばれた白秋の官能的、唯美的《ゆいびてき》な作品は、文壇に大きな衝撃を与えた。

腐れたる林檎のいろに
なほ青きにほひちらぼひ
水薬《すいやく》の汚《きたな》みし卓に
瓦斯《ガス》焜炉《こんろ》ほのかに燃ゆる
……
しかはあれど、寒きほのほに
黄の入り日さしそふみぎり、
朽ちはてし秋のヸオロン
ほそぼそとうめきたてぬる。
（秋のをはり）

ところが、この年、海産物問屋で酒造もやっていた九州の実家が破産してしまう。

白秋は二十四歳だった。

白秋は家賃のこともあったのだろう、牛込新小川町の家を引き払うと、千駄ヶ谷原宿に移ってくる（この住所、瀬戸内晴美『ここ過ぎて――白秋と三人の妻――』にはこのように記されるが、現在、これがどこに当たるのか、分からない）。

さて、この白秋の家の隣に住んでいたのが、松下長平《まつしたちょうへい》とその妻・俊子であった。二人の間には、三歳になろうとする小さな子どもがいた。

松下長平は、アメリカ帰りの写真技師で、中央新聞社の写真部の社員だった。

俊子は白秋より三つ年下の二十一歳。三重県名張郡下比奈知村（現・名張市）の開業医・福島陸の娘で育ちもよく、京都の女学校を出た、オシャレな女性だった。

白秋は、ひとめで美しい俊子に惹かれてしまう。「豊満な、非常に眼の動く仏蘭西《フランス》型の貌《かお》だちで、背のすらりとして下腹部できゆつと締まって腰の出っ張った、どう見ても日本の女では無かった。……妖艶《ようえん》と蠱惑《こわく》とに満ちた怪しい女であった。いつも処女のように浮として燥《はしゃ》いでいたこの女が、既に人の妻たる婦人で、その上に三歳になる女の子の母であろうなどとは……」と、藪田義雄《やぶたよしお》の『評伝北原白秋』の中に、白秋が俊子のことを書いたとされる未刊の小説原稿が引用されている。

そして俊子も、『邪宗門』で有名になっていた若き詩人に惹かれていく。

いつからか、俊子は時々、白秋の家にやってきては自分の不幸を話し始める。

それによれば、夫の長平はひどい男だった。

俊子は「思い出の椿《つばき》は赤い」（『婦人の光』第三号、一九四九年三月号）という文章の中で、当時のことをこんなふうに書いている。

「わたくしは、今でも、最初にめぐりあった夫を、一言でもあしざまに言いたくないけれど、乱行《らんこう》、虐待、変質、生疵《なまきず》、暴言、およそそんな文字を並べるにとどめる。暗い悲しい、来る日も来る日も、何の光明もないあけくれ、夫婦とか、愛情とか、団欒《だんらん》とか、愉楽とかいう文字はどうしても使えない日の連続の中に、思いもよらぬ女性まで出入りした」

さらに、瀬戸内晴美『ここ過ぎて―白秋と三人の妻―』に依れば、この「思いもよらぬ女性」とは「変態的な嗜好のあった長平の情婦で、混血児の女で、連れ子までつれて、終いには俊子の一家に同居した」とされる。

夫からの告訴

白秋は、俊子の美しさに魅了されていきながら、愛に飢えた俊子を、この家から救い出そうと泥沼に陥ってしまう。

あまりりす息もふかげに燃ゆるときふと唇はさしあてしかな　（『桐の花』）

あひびきの朝な夕なにちりそめし鬱金《うこん》ざくらの花ならなくに　（同前）

ゆふぐれのとりあつめたるもやのうちしづかにひとのなくねきこゆる　（同前）

そのうち俊子は、夫の出勤とともに白秋の家にやって来るようになる。時には連れだって出掛けた。

白秋は、『邪宗門』で高い評価を受けた若い詩人で、いつも目立つオシャレな男だった。二人の仲が近所の人の眼に留まらないはずがない。

噂が立つか立たないかという瀬戸際に、白秋は危険を探知して木挽町の二葉館に移る。「二葉館」と言えば、名古屋にある川上貞奴《かわかみさだやっこ》と電気王福沢桃介《ふくざわももすけ》の豪華な洋館を思う方もあろうが、同じ二葉館でも、白秋が引っ越しした先の二葉館は、待合を下宿にしたところで、淫猥《いんわい》な絵やレリーフが壁中に張り巡らされたところだったと、里見弴が記している。

もちろん、ここにも俊子は訪ねて来る。

この頃から、白秋は、俊子のことを「まりこ」とか「まりちゃん」と呼び始める。お転婆で、まるで毬のように飛んだり跳ねたりする屈託のない女性だったからだ。

そして、まりちゃんも、白秋のことを「純様」と呼ぶようになる。「純粋」な心を持った白秋と言うのである。

引っ越し魔だった白秋は、この後も都内を転々としながら、俊子と逢い引きを続けていくが、二人が出会ってから三年目の明治四十五（一九一二）年七月六日、突然、『読売新聞』に白秋起訴の記事が大々的に報じられる。

「詩人　白秋起訴さる　文芸汚辱の一頁」の大見出しで、「白秋は詩人だ。詩人だけれど常人のすることを逸《いっ》すれば他人から相当の批難もされよう。昨五日東京地方裁判所の検事局から北原隆吉《りゅうきち》として起訴された人は雅号白秋其の人である。起訴されたのは忌むべき姦通」というのだ。

今なら大スクープ！　週刊誌やテレビ、SNSなどで大騒ぎになるところだろう。

白秋は、この前年の明治四十四（一九一一）年に出した『思ひ出』が版を重ね、雑誌「文章世界」の読者人気アンケート詩人の部門で、第二位の蒲原有明《かんばらありあけ》を大きく引き離して第一位に輝き、文部省文芸調査委員会が選定する賞にノミネートされていた。

姦通罪で起訴された白秋は、ついに七月六日の朝、市ヶ谷の未決監に収監されることになる。

刑法第一三八条（第一項）有夫ノ婦姦通シタルトキハ二年以下ノ懲役ニ処ス其相姦シタル者亦同シ。

白秋の弟・鉄雄は、白秋が大好きな西洋料理にスープや果物まで添えて、俊子の分まで日々、保釈までの二週間、未決監に届けた。

白秋の印税や雑誌の収入が、家計を支えるようになっていたからだ。

鳩よ鳩よをかしからずや囚人の「三八七」が涙ながせる　（『桐の花』）

驚きてふと見つむればかなしきかわが足の指も泣けるなりけり　（同前）

鳴きほれて逃ぐるすべさへ知らぬ鳥その鳥のごと捕へられにけり　（同前）

白秋は収監されている間、こんな歌を詠み、またバターやスープを使って絵を描いたりして時間をやり過ごしていた。

しかし、出獄すると、松下との示談の話が白秋にのし掛かる。

示談金として松下は白秋に二百円を要求した。現在の金額にして約百万円である。

しかし、示談が成立しても松下は俊子と離婚しない。嫌がらせである。

松下が俊子との協議離婚に応じたのは、白秋への告訴から十四カ月を経た大正二（一九一三）年九月十日のことだった。

二度の逃避行の果てに

白秋は俊子と住居を転々としなければならない。再び「姦通罪」で訴えられるかもしれないのだ。

白秋に数日遅れて出監した俊子は、肺結核に罹っていた。

これから二人には、ひたすら重い物を背負っていく人生が訪れる。

自殺を考えての三崎への逃避行……ここであの「城ヶ島の雨」が作られる。

雨はふるふる　城ヶ島の磯に　利休鼠《りきゅうねずみ》の　雨がふる

雨は真珠か　夜明けの霧か　それともわたしの　忍び泣き
舟はゆくゆく　通り矢のはなを　濡れて帆上げた　ぬしの舟
ええ　舟は櫓《ろ》でやる　櫓は唄でやる　唄は船頭さんの　心意気
雨はふるふる　日はうす曇る　舟はゆくゆく　帆がかすむ

暗い雨が降るのは、白秋の心の中だ。

櫓で進むのは、どうすることもできない辛い時間だけ……。

版元である東雲堂に頼んで自分が主編となった雑誌『朱欒《ざんぼあ》』に載せる詩の制作と編集が、白秋を支えた。

東京から離れた三崎での生活は、それでも二人の愛がまだ保たれていた。

しかし、ここに白秋の家族が集まって住み始めると、事情はまったく変わってしまう。

父と弟は、金が無いと言って三崎で事業を始め、騙されてしまう。

俊子は、肺結核という病気と、生まれながらの無頓着と贅沢で、北原家の家事手伝いさえしない。

贅沢な生活をしているといって俊子は北原家から疎まれてしまう。

そして、とうとう白秋は、俊子を連れて父島まで逃避行する。

ところが島は、五十戸ばかりの家があるばかりで、定期便は月に一度という侘《わび》しい暮らしだった。こんなところで、贅沢を知った白秋や俊子が暮らしていけるはずがなかった。

白秋は、まず俊子を先に東京に帰した。

二人分の旅費さえなかった。

こうして、ひと月遅れて、東京に戻ってみると、俊子と白秋の家族の間には、もう繕《つくろ》うことができないほどの確執が起こっていた。

そして、ついに二人の間に結末が訪れる。

結核の薬のためと言いながら、俊子は、白秋が嫌っていた冒頭に引いた書簡に見える「軽薄な人」（おそらく松下長平）に金を借りたのだった。

「別れるしかない」……白秋は、この時に、そう思ったに違いなかった。

大正三（一九一四）年七月、二人は別れ、俊子は実家に引き取られていくのである。

そして白秋は、この二年後に二番目の妻・章子《あやこ》と結婚することになる。

こう生きて、こう死んだ

北原白秋《きたはらはくしゅう》

明治十八（一八八五）年〜昭和十七（一九四二）年

福岡県の酒造業などを営む旧家に生まれる。本名、隆吉《りゅうきち》。早稲田大学中退。若山牧水《わかやまぼくすい》らと交流し、新進詩人として注目される。与謝野鉄幹の新詩社に参加し『明星』に詩歌を発表、新人の筆頭となる。第一詩集『邪宗門』で官能的で耽美的な象徴詩が話題となるが、実家が破産し一時帰郷を余儀なくされた。その後、俊子との恋愛により夫から姦通罪により告訴され未決監に二週間拘留される。告訴は取り下げられたがスキャンダルに。俊子と結婚後、三崎や父島に転居するも、ほどなく帰京。貧窮生活の末、俊子とも離婚した。その後、詩人の江口章子と結婚。鈴木三重吉に請われ『赤い鳥』に優れた童謡作品を発表。新境地を開いた。章子と離婚した翌年、佐藤菊子と再々婚。晩年は眼底出血により視力が衰えるが、精力的に創作をつづけた。糖尿病と腎臓病のため死去。

炎上案件 / 11

石川啄木の成心（せいしん）

借金王啄木が求めたもの

——詩人は、けっして
牧師が説教の材料を集め、
淫売婦がある種の男を探すがごとくに、
何らかの成心を
もっていてはいけない

詩はいわゆる詩であってはいけない。人間の感情生活（もっと適当な言葉もあろうと思うが）の変化の厳密なる報告、正直なる日記でなければならぬ。したがって断片的でなければならぬ。——まとまりがあってはならぬ。そうして詩人は、けっして牧師が説教の材料を集め、淫売婦がある種の男を探すがごとくに、何らかの成心《せいしん》をもっていてはいけない。

（石川啄木『食うべき詩』）

「成心」とは、もともとは「ある立場に囚われた見方」つまり先入観のことを言った。夏目漱石は『明暗』で「成心があっちゃ、好い批評が出来ない」と書いている。

しかし、「成心」は、同時に「下心」のことをいう。鷗外は、『舞姫』に「おのれも亦《また》伯が当時の免官の理由を知れるが故に、強《し》いて其成心を動かさんとはせず」と使っている。

石川啄木《いしかわたくぼく》（一八八六〜一九一二）は、詩人が詩を書こうとするとき「先入観」や「下心」のようなものがあってはならないというのである。

＊

下心があってはいけない

石川啄木は、借金にまみれて、二十六年という短い生涯を閉じた。

自分が天才だと信じていた啄木にとって、借金はそれほど重い苦悩ではなかったかもしれない。それに、父親が住職を務める曹洞宗の寺院・宝徳寺で少年期を過ごすなかで、布施として他人から金品をもらうことが当たり前と思っていた啄木は、人が自分に供することを当然と受け取っていたようである。

上京してまもなく、岩手県盛岡尋常中学校の三年先輩である金田一京助《きんだいちきょうすけ》が近所にいると知ると、下宿に転がり込んで、勝手に酒を飲み飯を食う。二人で本郷のやぶそばや天ぷら屋に行き、ビフテキを食い、ビールを飲んで気炎《きえん》を揚《あ》げたと日記に書かれるが、この金は全部金田一が払っている。

また金田一は、蔵書を売って啄木に金を貸したことがあったが、啄木はその金を握りしめて浅草に行って酒を飲み、女を買い、寿司屋へ行き、西洋料理を食ってまた別の人のところに、金を借りに行く。

死ぬ二年前に二百字詰めの原稿用紙に書かれた「借金メモ」が残っているが、そこには明治三十七年暮から四十二年までの六十四件の借金の相手と金額が列記してあり、その合計金額は、千三百七十二円五十銭にのぼる（『新文芸読本　石川啄木』）。

当時の一円は、今の約一万円に換算できる。とすれば千三百七十万円ほどの借金をしていたということになる。

そのうち借金の額がもっとも多いのは、啄木の妻節子《せつこ》の妹の夫・宮崎郁雨《みやざきいくう》（一八八五〜一九六二）で百五十円、金田一京助には百円だった。他に北原白秋に十円、吉井《よしい》勇《いさむ》に二円、木下杢太郎《きのしたもくたろう》に一円などである

メモは、もちろん返済をするためのものではない。

ただのメモなのである。

なぜならこのメモには、家賃を踏み倒したということも書いてある。

それもただ一件だけのことではない。北海道にいた時の家賃、東京に出てきてからの家賃のすべてを啄木は払っていないのだ。

たとえば、明治三十八（一九〇五）年三月十日から五月十日までいた牛込区払方町（現・新宿区払方町）大和館では、詩集『あこがれ』を刊行するが、その出版のために出入りする来客を接待するための金も大家の付けにして、二カ月の間に、七十円の借金を作り踏み倒す。

書店への付け、料理屋の金も、当然のように払わない。

啄木の有名な歌に次のようなものがある。

はたらけど
はたらけど猶《なお》わが生活《くらし》楽にならざり
ぢっと手を見る

（『一握の砂』）

もちろん、啄木は一生懸命働いている。東京朝日新聞での校正、二葉亭四迷全集の校正、新聞歌壇での撰者としての仕事、歌を詠み、詩を書き、小説の構想も練る……。しかし、それでも金はない。それは入って来る収入以上に出て行くお金が大きいからだ。

啄木の日記を読むと、驚く程お金の話がよく出て来る。

「着物の裂けたのを縫おうと思って、夜八時頃、針と糸を買いに一人出かけた。本郷の通りは春の賑わいを見せていた。いつもの夜店のほかに、植木屋が沢山出ていた。人はいずれも楽しそうに肩と肩を摩《す》って歩いていた。予は針と糸を買わずに、『やめろ、やめろ』と言う心の叫びを聞きながら、とうとう財布を出してこの帳面と足袋《たび》と猿股《さるまた》と巻紙と、それから三色菫《さんしきすみれ》の鉢を二つと、五銭ずつで買ってきた。予はなぜ必要なものを買う時にま

で『やめろ』という心の声を聞かねばならぬか？」（明治四十二年四月八日）
「月給二十五円前借《ぜんしゃく》した」（明治四十三年四月一日）
「原稿料は一枚三十銭の割で先々月貰ってある」（同四月二日）
「毎日新聞から三月分の歌四回分謝礼二円」（同四月四日）
「妻の勘定によると、先月の収入総計八十一円余。それが一日に一円いくら残って、外に借金が六円許《ばか》りある」（同四月四日）
「夜、羽織を質に入れて、ビールを飲む」（同四月十日）

啄木が本当に欲しかったもの

明治四十二（一九〇九）年四月七日の『ローマ字日記』を見ると、こんな記事が見える。これは啄木が赤裸々に自らの性生活などをローマ字で綴ったものである。ローマ字で書いたのは、これならローマ字を解さない妻が読んでもわからないと思ったからだった。

昨日社から前借した金の残り、五円紙幣が一枚サイフの中にある、午前中はそればっかり気になって、仕様がなかった。この気持ちは、平生金のある人が急に持たなくなった時と同じ様な気がかりかも知れぬ。どちらもおかしいことだ、同じ様におかしいには違いないが、その幸不幸には大した違いがある。

啄木にとって五円は大金である。しかしその金は借りた金であって、啄木のものではない。

本当は何が欲しいのかと、啄木は自問する。

「予の求めているものは何だろう？　名？　でもない、事業？　でもない、恋？　でもない、知識？　でもない。そんなら金？　金もそうだ。しかしそれは目的ではなくて手段だ。予の心の底から求めているものは、安心だ、きっとそうだ！」（『ローマ字日記』四月十日）

安心――しかし、心を安ませるには、啄木の身体はすでに結核に蝕《むしば》まれていたし、時代も大きな変化を遂げつつあった。

安心することができない、啄木の不安を、さらに具体的に書いた言葉もある。

「予はこの考えを忘れんがために、時々人の沢山いる所――活動写真へ行く。また、その反対に、何となく人――若い女のなつかしくなった時も行く。しかしそこにも満足は見出されない。写真――ことにも最も馬鹿げた子供らしい写真を見ている時だけは、なるほど強いて子供の心に返って、すべてを忘れることもできる。が、いったん写真がやんで『パーッ』と明るくなり、数しれぬウヨウヨした人が見え出すと、もっとにぎやかな、もっと面白い所を求める心が一層強く予の胸に湧き上がってくる。時としては、すぐ鼻の先に強い髪の香を嗅ぐ時もあり、暖かい手を握っている時もある。しかしその時は予の心が財布の中の勘定をしている時だ。否、いかにして誰から金を借りようかと考えている時だ！暖かい手を握り、強い髪の香を嗅ぐと、ただ手を握るばかりでなく、柔らかな、暖かな、真っ白な身体を抱きたくなる。それを遂げずに帰って来る時の寂しい心持ち！　ただに性欲の満足を得られなかったばかりの寂しさではない。自分の欲するものはすべて得ることができぬという深い、恐ろしい失望だ」（同前）

しかし、この個人的な不安が、幸徳秋水《こうとくしゅうすい》の大逆事件を機に、啄木の心を「国家」への不安へと動かしていく。

妻が引き継いだ金銭出納簿

明治四十三（一九一〇）年五月二十五日に検挙された社会主義者、無政府主義者の中に、明治天皇暗殺計画に関与したものがいるとして、幸徳秋水、宮下太吉《みやしたたきち》、管野《かんの》スガ、新村忠雄《にいむらただお》、古河力作《ふるかわりきさく》などが逮捕され、翌四十四年一月十八日に死刑判決、二十四日には十一人の死刑が執行される。

東京朝日新聞に勤めていた啄木は、この事件や取調の経過を容易に知ることができた。啄木は、死刑判決が出てまもなく「日本無政府主義者陰謀事件経過及び附帯現象」という記録を書き始める。もちろん、これは公開されることはなかったが、これをもとに、啄木は「時代閉塞《へいそく》の現状」という評論を書く。

「我々は一斉に起って先ず此時代閉塞の現状に宣戦しなければならぬ。自然主義を捨て、盲目的反抗と元禄《げんろく》の回顧を罷《や》めて全精神を明日の考察――我々自身の時代に対する組織的考察に傾注《けいちゅう》しなければならぬのである」

そしてこう書く。「我々日本の青年は未だ嘗《かっ》て彼の強権に対して何等の確執を醸《かも》した事がないのである」

しかし、啄木に残された日はもう僅《わず》かだった。

結核が啄木の身体を侵し、日記にお金のことさえ書けなくなると、節子《せつこ》夫人がそれを引き受けるように「金銭出納簿」を付けるようになる。

啄木が亡くなる数カ月前に入って来たお金は、二件。

東京朝日新聞の佐藤編集長から、社内有志十七名の見舞金として三十四円四十銭。

森田草平が、漱石の夫人から預かってきたと言う、十円と征露丸。

出て行くお金には、日々の、貧しい食事のためのとうふ二銭、あげ三銭、梅ぼし五銭、ダッシ綿十銭。

しかしそれに混じって、かば焼き三十二銭、おすし二十五銭、おさしみ十五銭、チョコレート、たばこ、コーヒーなどが記される。これは啄木のための食事だったに違いない。

そして、啄木が亡くなった明治四十五年四月十三日、香奠《こうでん》百二十円が入る。

しかし、それでもこの金では節子や家族を養うには十分ではなかった。

節子は、函館にいる両親のところに身を寄せるのである。

文学的には「成心」などする余裕もない短い一生だった。そして、金を借りるということにおいても、啄木には「成心」などまったくなかった。ただ、必要があるから、人から借り、そしてそのまま返済するつもりもなく遣ってしまう。

はてしなき議論の後の
冷めたるココアのひと匙を啜りて
そのうすにがき舌触りに、
我は知る、テロリストの
かなしき、かなしき心を

（『ココアのひと匙』）

啄木には、貧しくても、人に金を借りてでも、テロリストのことを議論するには、「ココア」がなくてはならなかった。

不安をねじ伏せるための分不相応な贅沢が、啄木を無限の借金地獄へと追い立てたのだった。

こう生きて、こう死んだ

石川啄木《いしかわたくぼく》

明治十九（一八八六）年〜明治四十五（一九一二）年

岩手県に僧侶の父の長男として生まれる。本名、一《はじめ》。盛岡中学中退。カンニング事件などで退学勧告を受けてのことだった。在学中に、後の妻、堀合節子、金田一京助らと知り合う。十七歳の時に第一詩集『あこがれ』を出版し、天才少年詩人と称されるが、同じ頃、節子と結婚し生活のために代用教員となる。その後、北海道での放浪生活を経て上京。「東京朝日新聞」の校正係として勤務する傍ら、与謝野鉄幹の新詩社に参加し短歌を発表。歌集『一握の砂』を刊行。生活に即した口語体の、旧来の短歌になかった三行書きによる短歌で注目される。しかし生活は常に困窮をきわめた。大逆事件に衝撃を受け、社会主義思想に傾倒。没後に評論『時代閉塞の現状』が発表された。肺結核で死去。他に歌集『悲しき玩具』（没後に出版）など。

炎上案件 / 12

川端康成の眠り（ねむり）

川端の死は自殺だったのか事故だったのか

——十、横になりさえすれば、いつでも眠れるようになりたいと思います

十、横になりさえすれば、いつでも眠れるようになりたいと思います。
（川端康成「私の生活」『川端康成全集』三十三巻）


川端康成《かわばたやすなり》（一八九九～一九七二）は自分の生活について十の希望を挙げ、その最後の十番目にこう書いている。

「眠」という漢字の「民」は藤堂明保《とうどうあきやす》によれば、「眼が見えない状態でねむること」という。また白川静《しらかわしずか》は古代の字書に「瞑」と書いてあることから、「死者の面を覆うもの」で「永遠のねむり」を意味するという。

川端康成の死は、はたして自殺だったのか、それとも事故だったのか……。

行間に漂う妖艶さを帯びた死

一九六八年十月、ノーベル文学賞受賞が決まって二日後、鎌倉の川端の自宅に、三島由《みしまゆ》紀夫《きお》と伊藤整《いとうせい》が訪ねてインタビューを行った時の映像が残されている。

川端は鳥のような鋭い眼をキョロキョロとさせ、一点を見ていることがない。語り始めた話は、いつものように途中でぷつりと切れてしまう。

小説の書き方についても話をするが、「自分は怠け者で……」と、構成を作ってから小説を書いたことがないと言う。

川端は、長編を書く場合にも、一切構成には関心がなく、いきなり頭から文章を書いていった。そして、途中で何度も筆を擱《お》き、時間が経ってからまた原稿用紙を取り出して、校正をしたり続きを書いたりする。『雪国』にしても、何度も手が入っていて、どれが本当に最終稿なのか分からないほどである。

三島は「どこで始まって、どこで終わっているのか分からない小説」と川端に言うが、川端はこれに対して、「これから始まるところで終わっている小説」と答えている。

ところで、『山の音』などを読んでいると、川端の小説の行間には、深い死への恐怖と憧れが大きな口を開けているような気がしてならない。これを川端は、連歌や俳句にも通じる連想の芸術と呼ぶが、川端の行間には妖艶さを帯びた「死」が漂っている。

大阪の医師の家に生まれた川端は、一歳で父を二歳で母を喪《うしな》い、七歳で祖母を、十歳で姉を、また十四歳で祖父を喪って孤児となった。そして親戚の家を転々とたらい回しにされて、東京に出て来る。

次々と襲う身近な死、厄介者と呼ばれる孤独感、こうしたものが川端の眼を作っていったのは確かである。

川端の希望は叶ったのか

川端が「私の生活」で掲げた十の希望は次のようなものである。

希望
一、妻はなしに妾《めかけ》と暮したいと思います。
二、子供は産まず貰《もら》い子の方がいいと思います。
三、一切の親戚的なつきあいは御免蒙《ごめんこうむ》りたいと思います。
四、家は今の所、二階一間、下一間で用は足りますが、食べ物は贅沢で、同居の女は、教養の低いのがいいと思います。
五、自分の家は建てたくない代わりに、月のうち十日は旅にいたいと思います。
六、仕事は一切旅先でしたいと思います。
七、原稿料ではなく、印税で暮せるようになりたいと思います。せめて月末には困らないように――。

八、風邪をひかず、胃腸が丈夫になりたいと思います。

九、いろんな動物を家一《いっ》ぱいに飼いたいと思います。

十、横になりさえすれば、いつでも眠れるようになりたいと思います。

（昭和四年十一月）

昭和四（一九二九）年、三十歳の川端の「希望」は、七十二歳で亡くなるまで、どの程度叶えられたのだろうか。

一、川端は結婚した。

昭和六（一九三一）年十二月五日、川端は松林秀子《ひでこ》と入籍する。

実際には、すでに入籍の六年前から秀子と同棲していた。秀子は、友人の菅忠雄《すがただお》が喘息の静養のために実家に戻るまでいた彼の家の住み込みの手伝いだった。

菅は、川端にこの家が留守になるからと住み込みの秀子も含めて譲ったのである。しかし、川端は秀子を嫌悪していた。

二、秀子は川端の子どもを妊娠した。しかし、昭和二(一九二七)年六月下旬、慶應病院で女の子が生まれたが、命名を待たず死亡した。
川端は、昭和十八(一九四三)年三月末、黒田政子という十一歳の少女を養女に迎える。川端はこの年四十四歳になっていた。

政子の実家・黒田家は川端の母、祖母の実家で、川端が十四、五の頃預けられた親戚の家のひとつだった。

その頃、ここには黒田タマ(玉子)という七歳年上の従姉があり、川端はこの女性に仄《ほの》かな憧れのようなものを感じていた。

「私はこの従姉の〝おとがい〟を下から見上げた幼い記憶がある。色白のふっくりと円味《まるみ》のあるおとがいで、私は美しい人と感じた」(『少年』)

養女・政子は、タマの次兄の子で、すなわちタマの姪にあたる。

三、「一切の親戚的なつきあい」……親戚ではないが、三島由紀夫とは家族ぐるみのつきあいがあったのではないか。ただ、昭和四十三(一九六八)年、川端のノーベル賞受賞以降は、ほとんど交流が持たれなくなる。もちろんそれは、三島側の川端に対する嫉妬あるいは憎悪にも似た気持ちに因るものであったとも考えられるが。

四、川端の鎌倉、長谷の家は現在、川端康成記念会となっているが、写真を見るだけでもかなり大きい。

食べ物はといえば、三島は「一度にたんと上れないところから、小さな弁当を四度にわけて喰べておられた」と書いている。

五、六、小谷野敦・深澤晴美編『川端康成詳細年譜』を見ていると、川端はよく出掛けている。東京でのさまざまな会合、打ち合わせなどの他、政子との旅行など、これだけ動きながらよく多くの作品を残したと驚くほどである。

七、八、印税だけで生活ができたに違いない。昭和十八（一九四三）年、四十四歳の時には、改造社から全九巻の選集も刊行されていた。

しかし、使う金も多かった。

妻の秀子が次のように書いている。

「鯛だとか伊勢海老などをよくとりましたから、きっと魚屋は呆れていたと思います。でも刺身でもいつもとてもいいのをくれました。肉はもうヒレ肉しか食べませんし、貧乏しているといってもそんな生活でした」

胃腸も丈夫だったようだ。

また、川端が借金を踏み倒すという伝説があることに対しては、「金銭には無頓着でむしろ蔑視していたと言った方がよくて、およそ蓄財などに関心がなかった私たちの生き方にあったのだと思います」と記している。

九、川端は、昭和六（一九三一）年、イギリスからコリー犬を輸入し、「ルイ」と名付けて可愛がった。また同時にフォックステリアの「エリ」も飼っていた。

このエリは子どもをたくさん産み、川端は、坂口安吾《さかぐちあんご》や宇野千代《うのちよ》などに子犬をプレゼントしている。

そして、「わが犬の記、愛犬家心得」（昭和七年）という文章も遺している。

十、川端は睡眠が浅かった。

若い頃から睡眠薬ハイミナールを常用していた。

川端の死が自殺だったのか、事故だったのか……。『朝日新聞』（一九七二年四月十七日付）

は、「ノーベル賞作家、川端康成氏（七二）は（四月）十六日夜、仕事場に使っていた逗子市小坪のマリーナマンション四階の自室で、ガス管を口にくわえ、自殺した。遺書はなく、原因については関係者の多くも首をかしげているが、川端氏は先月盲腸の手術をしたあと健康がすぐれなかったといわれ……」と記している。

川端が書いた『掌の小説』のひとつに、「帽子事件」というのがある。

夏、蓮華《れんげ》の花が咲く不忍池《しのばずのいけ》で、ひとりの男が、帽子を池に落としてしまう。

男はその帽子を取る必要もないと言うのだが、ある男がどうしても、手伝ってやるからその帽子を池から拾い上げなさいと言う。

嫌だなぁと思いながらも、その男に手を取ってもらい、足先でつまみ上げて、取り上げようとするところで、手を離されて池に落ちてしまう。

あとに残った見物客たちは、みんな、ワッと驚く！

さっきまで手を取っていた男は、「カンラ、カラ、カラ、カラ……」と笑いながら暗い町へ逃げて行く。

この男を「上野の天狗」「不忍池の河童」と呼んだという話で終わる。

川端の死は、なにかこの「帽子事件」のように、最期に、みんなをアッと驚かせたいと思って仕組んだようなところがあったのではないかと思うのである。

こう生きて、こう死んだ

川端康成《かわばたやすなり》

明治三十二（一八九九）年〜昭和四十七（一九七二）年

大阪で医師の父の長男として生まれる。二歳で父を、三歳で母をなくし、祖父母の元で育つ。その後、七歳で祖母を、十歳で姉を、そして十五歳で祖父をうしない、母の実家に引き取られた。東京帝国大学国文学科卒業。横光利一《よこみつりいち》らと『文芸時代』を創刊。新感覚派として注目された。三十二歳の時に松林秀子と結婚。子どもはなく、後に母の実家から養女を迎えた。代表作は、『伊豆の踊子』『雪国』『山の音』『古都』など。日本の伝統的な美を叙情性豊かな筆致で描いた。『美しい日本の私』などの評論でも定評がある。批評家としても優れ、堀辰雄《ほりたつお》、岡本かの子《おかもとかのこ》、三島由紀夫らを後援、彼らが世に出るきっかけとなった。昭和四十三（一九六八）年、日本人として初めてノーベル文学賞を受賞。その四年後、逗子の仕事部屋で自死。遺書がなかったことや、死亡前後の状況から事故死とする意見もある。

炎上案件 / 13

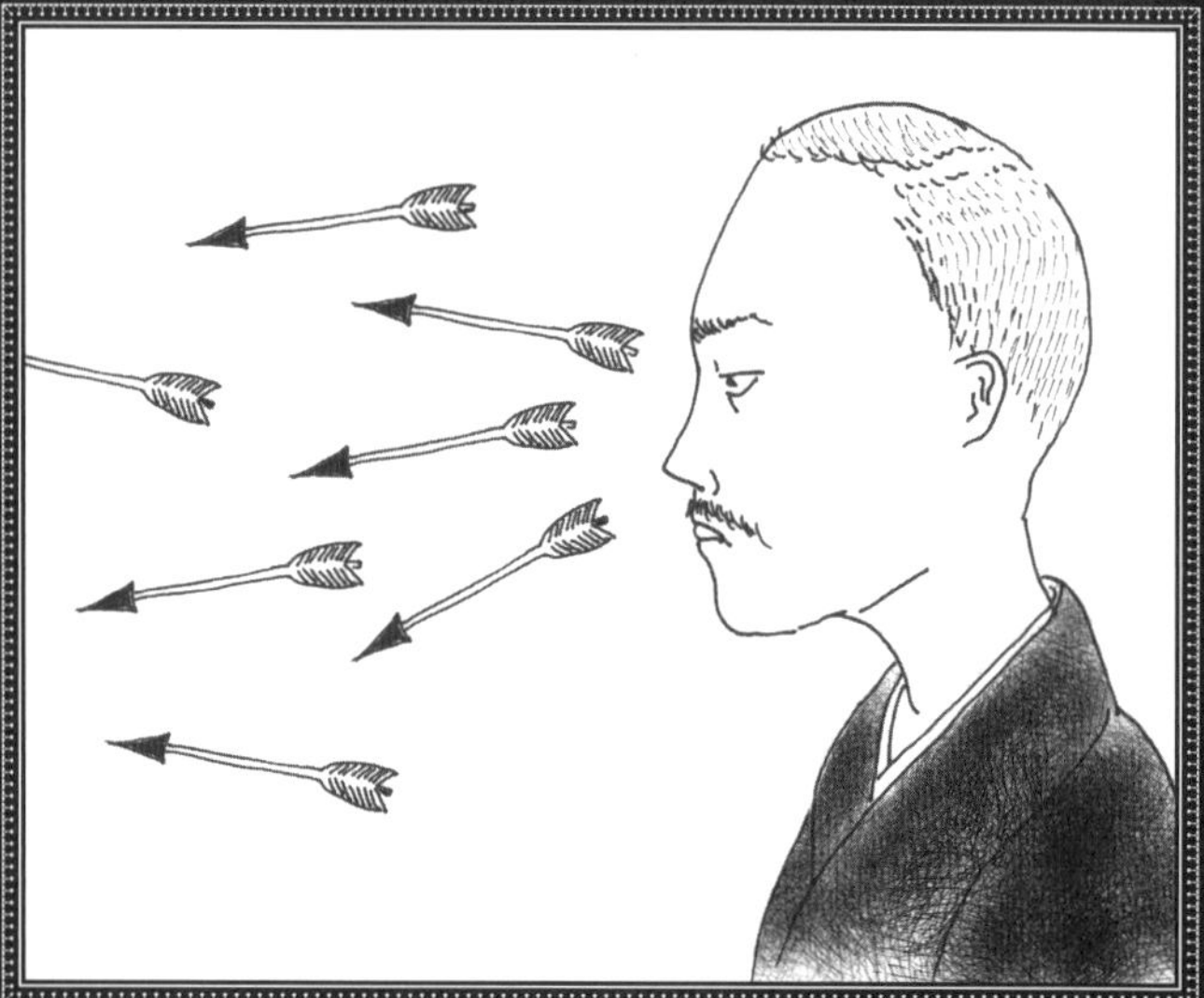

森鷗外の瑕瑾（かきん）

「舞姫」の小さなキズとは何か

——未だ瑕瑾を発きたるものは
之れ無きが如し。
予は二三不審の廉を挙げて
著者其人に質問せんと欲す

鷗外漁史《ぎょし》の「舞姫」が国民之友新年附録中に就《つい》て第一の傑作たるは世人の許す所なり。之が賛評《さんぴょう》をなしたるもの少しとせず。然れども未だ瑕瑾《かきん》を発《ひら》きたるものは之れ無きが如し。予は二三不審の廉《かど》を挙げて著者其人に質問せんと欲す。

（気取半之丞「舞姫」批評『国民之友』明治二十三年二月三日号）

「瑕」も「瑾」も、中国では古来、金などより貴重とされてきた「玉」にある小さなキズのことである。見えるか見えないか分からないくらいの小さなキズであるが、キズがあれば、それはもはや一流のものとは言えない。

さて、鷗外の「舞姫」の「瑕瑾」はどこにあるのか、そして質問された鷗外は、なんと答えたのだろうか。

✱

皆が称賛する作品の欠点とは

高校の教科書に、夏目漱石の『こころ』と並んで定番として載るものに森鷗外《もりおうがい》の『舞姫』がある。

この名作に気取半之丞《きどりはんのじょう》は、小さな欠点があるというのだ。気取半之丞とは小説家・文芸批評家である石橋忍月《いしばしにんげつ》のペンネームである。

「瑕瑾を発く」とは、おそらく今の人にはほとんど使えない上品で雅致《がち》のある表現ではないかと思われる。気取半之丞は『舞姫』という皆が素晴らしいと賞賛する作品だが、そのキズを発見して、著者自身にどう考えるかを訊いてみようではないかと、いうのである。

「舞姫」について少し触れてみよう。明治二十五（一八九二）年、『水沫集《みなわしゅう》』に掲載された「舞姫」の冒頭はこうなっている。


石炭をば早や積み果てつ。中等室の卓のほとりはいと静にて、熾熱燈の光の晴れがましきもやくなし、今宵は夜毎にここに集い来る骨牌仲間も「ホテル」に宿りて、舟に残りしは余一人のみなれば。


こうした漢文訓読体で書かれた鷗外の初期の文章は、今の高校生には非常に難しいが、筑摩書房からは井上靖《いのうえやすし》の現代語訳も出されている。

筋を簡単に記しておこう。

優秀な成績で大学を卒業し、官吏としてドイツのベルリンに赴任した太田豊太郎《おおたとよたろう》は、この地でも懸命に政治学を学んでいたが、次第にヨーロッパの自由な空気に感化されていく中で、美しく不幸な踊り子・エリスに出会う。

貧しいエリスは、父親の葬儀も出せないほどだったが、豊太郎はエリスに経済的援助を行い、それがきっかけとなり、ついに彼女と関係を持つに至る。

外国人との恋愛など、当時の日本人官僚には許されるものではなかった。

豊太郎は同僚から、「舞姫の群れを漁る」と陰口をたたかれ、ついに公使の職を失ってしまう。

そんな彼に、大学で同級生だった相澤謙吉《あいざわけんきち》が、新聞社の通信員の仕事を紹介する。

相澤は、天方《あまがた》という伯爵の秘書をしていたのだった。

この僅かの給料によって豊太郎とエリスは、慎ましくも幸せな生活を送るのだが……。

ある日、エリスが悪阻《つわり》のために舞台の上で倒れてしまう。妊娠していたのだ。

豊太郎はエリスの看病をしていたが、そんな中、相澤が天方とともにベルリンにやってくる。

天方は豊太郎に、エリスを捨てて天方の保護下で名誉を回復するか、それともこの異国での惨めな生活を続けるか、いずれかの道を選ぶことを迫るのだ。

再び栄誉の道を選ぶのであれば、天方と共にロシアにすぐに発《た》たなければならない。

豊太郎は、ロシアに発つことに決めるが、これをエリスに告げることができずにいる。

エリスは生まれて来る子どものことで心がいっぱいになっている。

はたして、出発が近づいたある日、相澤からエリスに、豊太郎がロシアに発ちそのまま日本に帰国することが告げられる。

エリスは、精神を病んで入院し、豊太郎はエリスにきちんとした別れを告げることもなく別れてしまう。

相澤ほどの良い友はないと思いつつも、豊太郎は相澤を恨む気持ちを五年経った今でも抱いている。

嘔吐するほど気持ち悪い

「舞姫」は、明治二十三（一八九〇）年一月三日号雑誌『国民之友』の「附録」（とは言っても別冊の附録ではなく、増頁での附録）として発表された。「舞姫」が巻頭で、次に尾崎紅葉《おざきこうよう》の「拈華微笑《ねんげみしょう》」が掲載されている。

巻頭に置いたというのは、やはりこの小説をおもしろいと、編集者でもあった主宰・徳《とく》富蘇峰《とみそほう》も思ったからであろう。

そして、今の人たちも、高校の教科書に載るくらいだからと無条件に「舞姫」を名作と考えているに違いない。

しかし、はたしてそうなのか？

小説として破綻しているところがあるのではないか。

まず、社会教育家で啓蒙家《けいもうか》の巌本善治《いわもとよしはる》が、「舞姫」発表の一週間後、『女学雑誌』一月十一日発行の九十五号に批評を載せる。

その批評は、こんな言葉で始まっている。

「森林太郎《もりりんたろう》氏の『舞姫』に対しては、吾《わ》れ一読の後ち躍り立つ迄に憤おり、亦《また》嘔吐するほどに胸わるくなれり」

なぜにここまで、巌本が憤り、嘔吐するほどまでに気持ち悪くなったかというと——
○正礼を履まず一舞姫に私通《しつう》し、不生の子を挙げさせたこと。
○一《ひ》と度《たび》伯（天方伯爵）に招かるれば犬の如く仕え、再び招かれて軽答鬼となりて東に帰らんとすること。
○其意思の弱きこと。

○黄金虚栄の為《た》めに（エリスとの関係を）断ち、彼の憫《あわ》れむべき佳人《かじん》を狂ならしめて意気地なくも帰国の船に上り、船中又たまた思い出してくよくよと歎《なげ》くこと。

これら当時の『舞姫』に対する批判は、今日から見れば文学的批評には値しないものと考えられる。しかし、明治時代前半、作家とその作品が同軸上にあった時代、作品に対する批判はすなわち作家の人格に対する批判でもあった。

この批評に対して、鷗外は、何も反論しなかった。

舞姫論争、鷗外の反撃

しかし、「舞姫」発表から一カ月後の『国民之友』二月三日号に掲載された気取半之丞の批評に対しては、鷗外は反撃を加えていくことになる。

「舞姫論争」と呼ばれるものがこれである。

気取半之丞は、「舞姫」に五つの問題があるという。

○主人公・太田豊太郎は「小心臆病的人物」で「彼の性質は寧ろ謹直《きんちょく》慈悲《じひ》の傾向あり」。

それなのに、エリスを捨てて帰国するとは、人格的にあり得ない。
○はじめ、太田は「我心はかの合歓《ねむ》といふ木の葉に似て物ふるれば縮みて避けんとす。我心の臆病なり我心は処女に似たり」などというのに、後半では「余は我身一つの進退につきても又我身に係らぬ他人の事につきても果断ありと自ら誇り」と記す。これは撞着《どうちゃく》である。
○この小説は、恋愛と功名を主題とするものである。自分の幼い時の境遇を記した「余は幼きころより厳重なる家庭の教えを受け云々より以下六十行は殆無用の文字なり」。
○「舞姫」という表題を見て「引手数多《ひくてあまた》の女俳優ならんと」思ったが、「其所謂文盲癡駭《もんもうちがい》にして識見なき志操《しそう》なき一婦人にてありし……本篇題して舞姫というは不穏当。
○本篇に「先に友の勧めしときは大臣の信用は屋上の禽《とり》の如くなりしが今は稍《やや》これを得たるかと思はるる云々」とあるが、これはドイツ語の諺「屋上の鳩は手中の雀に如かず」をもじったものであり、人はまったく理解ができないだろう。

さて、鷗外は、「舞姫に就《つ》きて気取半之丞に与ふる書」という文章を、『しがらみ草紙』第七号に書き、さらには「再び気取半之丞に与ふる書」を六回にわたって『国民新聞』に載せて反撃する。

この時、鷗外は、自分の名前を出さず、なんと「舞姫」の主人公・豊太郎を窮地から救った「相澤謙吉」が答えるという体裁をとり、「相澤謙吉」の署名で原稿を発表したのである。

この論争については、嘉部嘉隆『森鷗外――初期文芸評論の理論と方法――』(桜楓社)、あるいは谷沢永一の『文豪たちの大喧嘩』(ちくま文庫)に詳しいが、鷗外は、気取半之丞の批評に次のように答えている。

○小説の題は、何でも構わない。
○舞姫が、識見なき志操なき人物であることに問題はない。
○自分の幼い時の境遇を記した文章は、豊太郎の境遇を知るためにも、必要である。
○豊太郎の性格は「変わり易き」と冒頭で書いてある。各局面で豊太郎が「四変」するのであって、「撞着」には当たらない。「撞着」とはつまり「自家撞着」、作品の中での矛盾はないと鷗外は言うのである。

鷗外は、ドイツ語の諺を利用した表現については何も言わなかった。ただ、気取半之丞の一番初めの批判について、鷗外は明らかに苛立っている。

そして、次のように答えるのだ。

足下（相澤謙吉）は又以為《おも》らく。小心、臆病、謹直、慈悲、知恩、解情の人は須《すべか》らく「ユングフロイリヒカイト（処女たる事）」を重ずべし。太田生は此等の情を具《そな》えたり。（中略）故に彼はエリスと交ること久しくなるまで、其「ユングフロイリヒカイト」、其処女たる性を保護せしなり。

（「『舞姫』に就きて気取半之丞に与ふる書」）

この後の文は引用するのを割愛するが、相澤謙吉の口を借りて鷗外が何を言おうとしたかというと、つまり、豊太郎はエリスを大事にしていたし、もしエリスが精神を病まなかったとしたら、天方に同行して帰国するという決断をしなかったかもしれない。豊太郎こそエリスのことを悔いて自殺したかもしれない。そうならなかったのは、偶々《たまたま》なのだ、というのである。

鷗外のこの苦し紛れの言い逃れは、結局、自分が実際に、エリーゼ・マリー・カロリーネ・ヴィーゲルトという女性と関係があったこと、またよく知られるようにこの女性が鷗外の帰国後まもなく、鷗外を訪ねて日本にまでやってきたこと（この発見と考証は、中川浩一、沢護、また六草いちか氏らによる）などの事実に基づく、鷗外自身の、言ってみれば、言い訳にしかすぎなかった。

おそらく気取半之丞こと石橋忍月はこの言い訳を、「なんと馬鹿馬鹿しいことか」と思ったに違いない。敢えて、再び、石橋は鷗外を攻撃しようとはしなかった。

しかし、鷗外は違った。

これを機に、鷗外は石橋に何度か難癖をつける文章を書く。

そして、石橋に対してだけではない、その後、山田芝廼園《やまだしばのその》、山谷楽堂、坪内逍遥《つぼうちしょうよう》、高《たか》山樗牛《やまちょぎゅう》、上田万年《うえだかずとし》などに対しても論争をつぎつぎと仕掛け、攻撃の矢をしつこく射続ける。

内田魯庵《うちだろあん》は、「鷗外だけには気をつけよ」と、皆に警鐘を発する程だったという。

鷗外を論争魔にした原点は、「舞姫」の瑕瑾にあるのではないだろうか。

こう生きて、こう死んだ

森鷗外《もりおうがい》

文久二（一八六二）年〜大正十一（一九二二）年

島根県で代々津和野藩の典医を務める家の長男として生まれる。本名、林太郎《りんたろう》。東京大学医学部を卒業後、軍医となる。ドイツに留学し、衛生学を学んだが、ハルトマンの美学にも傾倒。帰国後は日清・日露戦争に軍医として同行。一方、翻訳、評論、創作、文芸誌刊行など多岐にわたる文学活動を行い、明治を代表する知識人として活躍した。軍医としても陸軍軍医総監にまで登りつめた。帝室博物館（現在の東京国立博物館、奈良国立博物館、京都国立博物館）総長や、帝国美術院（現・日本芸術院）初代院長なども歴任。最初の妻、登志子とは二年足らずで離婚。四十歳のときに二度目の妻、志げと再婚した。登志子との間に一男（於菟《おと》）を、志げとの間には二男二女（茉莉《まり》、杏奴《あんぬ》、不律《ふりつ》、類《るい》）をもうけた。次男は夭折したが、残る四人は皆、鷗外についての著作を残している。萎縮腎と肺結核により死去。代表作に、小説『舞姫』『ヰタ・セクスアリス』『雁』『山椒大夫』『高瀬舟』、史伝『渋江抽斎』など。

炎上案件 / 14

夏目家の贅沢（ぜいたく）

漱石の生前没後の経済

——可成衣食を節倹して書物を買おうと思う。金廻りのよき連中が贅沢をするのを見ると惜き心持がする二年居っても到底英語は目立つ程上達シナイと思うから一年分の学費を頂戴して書物を買って帰りたい。書物は欲いのが沢山あるけれど一寸目《ちょっと》ぼしいのは三四十円以上だから手のつけ様がない。可成《かなり》衣食を節倹《せっけん》して書物を買おうと思う。金廻りのよき連中が贅沢をするのを見ると惜《くやし》き心持がする。

（夏目漱石、明治三十三年十二月二十六日付　藤代禎輔宛書簡）

「贅沢」の「贅」という字は、本来「よけいな財貨があって余っていること」を意味する。「沢」が付くのは、余っている上に、さらによけいなお金や財産が、湯水のように湧いて来ることを表すためである。

手紙に記された「金廻りのよき連中が贅沢をするのを見ると惜き心持がする」というのは、夏目漱石《なつめそうせき》の本心だったに違いない。

金が金を呼ぶような贅沢な人たちを、漱石はロンドンでたくさん見たのだろう。日本人だけではなく、イギリス人やフランス人、アメリカ人などもいただろう。そういう人たちを見て、漱石は、「惜《くや》しい」と思う。

「惜」の右側の「昔」は、「日々が重なること」を表す。これに「忄（心）」が付いて、「心の中に忘れられない思いが重なって湧き上がること」を意味する。

その思いは、「贅沢」ではない家に育って、心に重なった思いだったに違いない。

はたして贅沢にあこがれた文豪漱石の暮らしはどのようなものだったのだろうか。

学問をするためには金が掛かる

漱石は、若い頃からあまり金には縁がなかった。

『硝子戸の中《うち》』に、こんなエピソードが記される。

子どもの時、二階の座敷で昼寝をしていて、夢を見た。何のためかわからないが、他人のお金をたくさん遣ってしまい、返済することができない。

苦しくなって、大声を出して母を呼んだ。

すると、母がすぐに二階に上がって来て、微笑みながら「心配しないでも好《い》いよ。御母さんがいくらでも御金を出して上げるから」と言ってくれた。私は大変嬉しかった。それで安心してまたすやすやと寝てしまった。

おそらく実際にこんなことがあったのではなかったか。漱石は生まれてまもなく養子に出され、八歳の時に生家に戻された。養父の塩原昌之助《しおばらしょうのすけ》はほとんど破産状態だった。夏目家も江戸時代までのように羽振りがいいわけではなかったし、漱石は、この養父に世話をしてもらった分のお金を自分で返済しなければならなかった。

学問をしなければ良い就職はできない。しかし、学問をするためには金が掛かる。

イギリス留学時代の貧乏生活

高校の先生をしながら漱石が思い描いていたのは、イギリス留学だった。帝国大学で英文学を学んだ漱石が、もっと英文学の研究をしたいと思ったのは当然だろう。

しかし、私費留学をする余裕は、漱石にはなかった。

私費留学が無理なら、国費の留学を願うしかない。

そんな時、たまたま文部省が、給費留学生を出すという。

現職のままで、年額千八百円の留学費支給。留守宅に休職給二十五円（年額三百円）支給、製艦費《せいかんひ》二円五十銭差し引きという待遇である。

漱石を英国に留学させようという話が、帝大の上田万年と芳賀矢一《はがやいち》の間で起こり、上田万年がこれを後押しした。

上田、芳賀は、漱石と同年の生まれで、『帝国文学』を通じて互いを知っていた。そして、芳賀は、ドイツへの留学が決まっていた。

年額千八百円は、しかし、必ずしも十分な留学費用ではなかった。ひと月当たりで計算すれば、百五十円にしかならない。これは、現在のお金で十五万円から二十万円くらいに相当する。

また、東京にいる妻子にとっても生活は楽ではない。こちらもひと月当たりで計算すると、二十五円にしかならない。二万円から三万円というところだろうか。

漱石の最初の下宿は、大英博物館に近いブルームスベリーで、下宿代が一日食事付きで六円。

計算をするまでもなく下宿代だけで、予算を遥かに超えてしまう。

しかも、「日本の一円が、ロンドンでは十円位の相場である」と漱石が手紙に記すように、ロンドンは、当時、世界一物価が高いところだと言われていた。

ちなみに、漱石と同時期に、帝国海軍からロシアに留学していた広瀬《ひろせ》武夫《たけお》海軍大尉の留学費は四千円であった。いかに文系学者の留学費が安かったかを知ることができよう。

当時、貧乏な文部省留学生を呼ぶ言葉があった。「モン《文》リュー《留》」という。漱石は、「モンリュー」第一号の一人だったのだ。

一九〇一（明治三四）年一月三日付立花銑三郎《たちばなせんざぶろう》宛書簡

御旅行のよし結構に候。時と金なき為め旅行も致さず。下宿にくすぼり居候。僕の見付た下宿は一週悉皆《しっかい》で二十五志《シリング》だから倫敦《ロンドン》にしては非常に安いが書物を買うのでいつもピーピーして居ります。

同年一月二十四日鏡子宛

入浴に行く。散歩しないと具合悪い。散歩すると二円位必ず使う……倫敦では写真を撮るにも十円位かかるから、当分送ることができぬ。そのほか、靴一足が十円する、昼食を一皿食えば、六、七十銭はする……。

同年四月二十日　日記

下宿について問い合わせていた寡婦《かふ》とその妹の住む家から、下宿の希望に応じると言ってくるが、一週三十三円なので断念する。

ロンドンでとことん金に苦労して、ついに漱石は精神を病み、帰国の途に就く。

そして帝大や一高などの教員をしているうちに、たまたま頼まれて俳句雑誌『ホトトギス』に連載した「吾輩は猫である」が大当たりとなり、それから亡くなるまでの十年間、東京朝日新聞に籍を置いて小説を書くことになる。

はたして、漱石は、金の苦労から抜け出ることができたのだろうか？

漱石の年収と鏡子夫人の株投資

小説を書く以前、漱石は、第一高等学校英語嘱託として、年俸七百円、東京帝国大学英文学科講師として年俸八百円、明治大学非常勤講師として年俸三百六十円を得ていた。合計、千八百六十円である。

ところが、漱石亡き後、漱石の長女・筆子と結婚した漱石門人・松岡譲は、東京朝日新聞入社以降、漱石の年収は五千円に達していたという（『漱石の印税帖』）。

このうち三千円が東京朝日新聞からの給与（月二百円プラス賞与）である。とすれば、印税が二千円あったということになる。

三千円の給与は、当時の奏任官（明治憲法下の高等官の一種。高等官三等から八等に相当する。天皇の任命大権の委任という形式で内閣総理大臣が任命した）年俸級の第一級第一号に当たる。ちなみに五千円の俸給は、国会議員の俸給に相当することになる。

公務員の初任給は、明治四十四年に五十五円、銀座「三愛」附近の一坪の実売価格が、大正二年当時五百円という時代だった。

漱石は、小説家になることによって、一気に経済的困窮から脱することができたのだ。

ただ、妻の鏡子は、夏目家の経済が豊かになったのは、漱石が『こころ』を出版した大正三（一九一四）年頃だったと記している。

「一体其頃私どものところでは、長い間の貧乏生活からやや救われまして、ここ何年かはいい案配に、随分の大病もしたこともあり、又多人数の子供だちも揃って大きくもなって、何かと物入りもあるのでしたが、どうやらこうやら少しずつ残る勘定になって居りました。勿論大した纏《まと》まったお金の残る道理もないのですし、其当時にあっては本が売れるといって見たところで、近頃のような大量出版だの何だのという派手なこともないのですから知れたものです」

じつは、夏目家が豊かになったのは、鏡子が漱石の印税で買った株で儲けていたからなのだった。

『漱石の思ひ出』に、鏡子は次のように書いている。

実は其年（漱石が亡くなった大正五年。漱石の死去は大正五年十二月九日）のいつ頃でしたかすっかり財産調べを致しまして、いつもこういう方面の面倒を見て下さる犬塚さんの御忠告で株券を売りましたお金と合せて、三万円足らずございました。それを第一銀（第一銀行）かかに定期預金にしておきました。これが私共の其時の全財産であったのでございます。

それから死ぬ二十日ばかり前にこうやっていつまでも定期にしておいても仕方がないというので、又候《またぞろ》犬塚さんにお頼みして大部分を株券に買い代えておいて戴き、其の話を一度夏目の耳に入れて置こうと思っているうちに、とうとう吐血したりしてどっかと床について了《しま》ったので、言い出すわけにも参りません。其うちにいい按配《あんばい》に少し落ちついた時を見て申しますと、うむ、そうかそうかと言った切りでございました。

ここに出てくる「犬塚さん」とは第一銀行に勤めていた犬塚武夫という人物である。福岡県の出身で、東京高等商業学校を卒業後、大蔵省に入り、明治三十五年にケンブリッジ大学に留学中、ロンドンに行った時に漱石と会って以来の友人である。ケンブリッジ大学から帰って来ると、大蔵省を辞めて第一銀行に移り、夏目家の家計や財産などのアドバイザーをしていた。

大正五年、漱石が亡くなった年は、第一次世界大戦の勃発によって好景気に沸いていた。犬塚は、鏡子にこの話をし、三万円の定期預金を解約して、すべてを株に換えることを提案したのだった。

漱石亡き後の窮乏

しかし、大正九年三月に起こった戦後恐慌によって、株の投資家は経済的危機を迎える。漱石亡き後の夏目家も同じだった。

その窮状は、早稲田の夏目家の家を売却しなければならない程だった。

寺田寅彦《てらだとらひこ》は小宮豊隆《こみやとよたか》に宛てた手紙で、その件を野上豊一郎《のがみとよいちろう》に聞いたといって次のように書いている。

「野上君に会って聞いたが、夏目さんではあの家を売り度《た》いと云って居るが、例の先生の室の保存が問題になって居るそうです、何処かでそっくり保存してくれればいいが、大学などではとてもやってくれそうもない、どうしたらいいか僕には案が立たない」（大正十三年一月十六日付）

二月十四日付書簡によれば、二月八日には安倍能成《あべよししげ》、和辻哲郎《わつじてつろう》、野上豊一郎、内田百《うちだひゃっ》間《けん》、鈴木三重吉、岩波茂雄《いわなみしげお》、松根東洋城《まつねとうようじょう》が夏目家で、鏡子と松岡譲と相対して、漱石の書斎の保存のため早稲田大学になんとかしてもらえないかと打診してみるという話が出たと記されている。

だが、早稲田大学は、漱石の旧居、漱石山房を買い取ることはなかった。

日が経つごとに、夏目家の経済は窮迫《きゅうはく》していく。

それを『東京日日新聞』が書き立てた。

「売物に出た『漱石の家』　士族の商法が祟《たた》って、一家を挙げて郊外に佗住い、あわれ、未亡人の嘆き」（大正十四年十一月二十九日）という見出しで、次のように記される。

漱石逝《ゆ》いて十年、その間全集を刊行すること三回、五十万の読者を吸引して廿五万円の印税を得、文豪の生前さして豊かでなかった夏目家が、その後の生活は平和と華やかなものと世間から想像されていた。併《しか》しここにも人間の迷執《めいしゅう》と不安が濃い影を投げていた。最近夏目家と親しい者のあいだに、文豪の死後直ぐ未亡人鏡子（五〇）さんの意思で、牛込早稲田南町七の旧宅跡に建てられたこうそうな邸宅が売物に出ているという噂が立てられたが、それはわびしくも全くの事実であった。現在夏目純一（漱石氏の嗣《し》子《し》）の名で同邸は十五万円の価格で土地と共に何人にでもいいと無条件の買手を求めているのである。

それから六年後、昭和六年十一月十八日付『読売新聞』に「奢朗な生活の精算、今は命日に故人を語るを唯一の慰め……心境一転の未亡人」として次のような記事が出た。

漱石の小説のところどころに出て来る、いたって迷信家で如何にも貴族的な気前の好い婦人、鏡子未亡人は、人も知る故中根《なかね》貴族院議長の令嬢に生まれて大胆な世間見ずだった。何よりも一か八かの大仕事が好きで、漱石の存生中からしこたま買い込んだ株券のことから突如、麹町有楽町東日本探鉱から株金の支払請求訴訟を提訴されたり、室町三越前に女婿松岡譲氏を社長とする「美久仁真珠会社」を設立して大失敗をした若い未亡人の経験は有名な話——漱石の没後、未亡人は折角野趣豊かな漱石山房を惜しみなく破壊して派手な御殿風に造りかえ、小間使い、下女、下男植木屋など七八人の雇人を従えて、当時月に五六百円の奢朗なる生活をはじめて悠々迫らなかったものだ。或る時には同家に出入する一人の男が九千円から借金したのを気前よく現金でなげ出して助けてやり、一向それを鼻にかけるでもなく淡々とした……

なんと、鏡子は探鉱の株を買い、また松岡を社長に、真珠の会社まで作っていたのである。

しかし、どれもうまくいかず、結局、漱石山房まで手放さざるを得なくなってしまったのだ。

野田宇太郎の『六人の作家未亡人』（新潮社、昭和三十一年刊）には、鏡子がこんなことを言っていたという述懐が載せられている。

「こんな年になって生活に不自由するとは思いませんでしたね。今では相当につらいですよ。毎月その心配で、こんな時は人情が身に沁むもので、いつだったか小宮さんがお見えになって、これは先生のことを書いた本の印税の一部だとかいって、わざわざ金を届けて下さったことがありました。それでも河出書房とか新潮社とか角川書店とかは、何かが出版されると、いくらか持ってきて下さる。岩波も茂雄さんが元気だったら、と思いますよ」

鏡子が亡くなったのは、昭和三十八年四月のことだった。

漱石は家族の困窮を知らずにすんで幸せだったかもしれない。

こう生きて、こう死んだ

夏目《なつめ》漱石《そうせき》

慶応三（一八六七）年〜大正五（一九一六）年

東京に名主の末子（五男）として生まれる。本名、金之助《きんのすけ》。生後すぐ養子に出された。後に生家に戻るもこの幼児体験は後々まで陰を落とした。大学予備門で正岡子規《まさおかしき》と出会う。帝国大学を卒業して英語教師となった後、文部省留学生としてイギリスに留学。帰国後は母校帝大の講師となり、教鞭を執るかたわら小説を発表、作品を通して近代的自我のあり方を追求した。『明暗』執筆途中に胃潰瘍による出血で死亡。

夏目《なつめ》鏡子《きょうこ》

明治十（一八七七）年〜昭和三十八（一九六三）年

広島県で貴族院書記官長の長女として生まれる。旧姓、中根。十九歳の時に漱石と見合い結婚をし、二男五女（筆子、恒子《つねこ》、栄子《えいこ》、愛子《あいこ》、純一《じゅんいち》、伸六《しんろく》、ひな子）をもうける。悪妻との評もあるが、今日的な視点で見れば、むしろ漱石をよく支えた良妻であったと思われるエピソードも多い。漱石の死後、漱石の思い出について鏡子が語り、娘婿の松岡譲が筆録した『漱石の思ひ出』がある。心嚢症候群により死去。

炎上案件 / 15

三島由紀夫の誇示（こじ）

ひた隠しにした出自のコンプレックス

——彼は知りつくしておりながら、とことんまでそれをかくし通し、優雅な家系のように誇示した世間では三島のことを貴族だといい、貴族に間違いないことを信じている。本人もそれを信じ、敢えてそのようにふるまってきたところから、間違いがはじまっているように思えてならない。平岡《ひらおか》家の分家三代目の彼は貴族であっても、初代の祖父、定太郎《さだたろう》は貧農出身の成り上がり者であることを、彼は知りつくしておりながら、とことんまでそれをかくし通し、優雅な家系のように誇示《こじ》したあとが気になる、胸の底にうごめく貧農コンプレックスを、貴族のポーズで克服しようとしたとしか思えないふしがある。
（一九七一年刊『農民文学』第九十三号所収、仲野羞々子「農民の劣等感——三島由紀夫の虚勢」）

「誇示」とは「誇らしげに人に示すこと」をいう。

「誇示」という字の「誇」の右側は「大」と「于」の変形した形で作られている。「于」は「迂回」の「迂」の旁《つくり》の部分にもあるが、これは「大きく曲がったアーチ」をいう。これに「大」と「言」が付き、「大げさに広げたものの言い方」を意味する。

『仮面の告白』の主人公「私」さながら、三島由紀夫《みしまゆきお》が誇示した貴族的なポーズの影には、貧農出身というコンプレックスがあった。

三島の貴族的な生活

三島由紀夫の年譜を見て、この人が「貧農出身の成り上がり者」の祖父を持っていたと思う人などいないだろう。

父親の平岡梓《あずさ》（一八九四〜一九七六）は開成中学、第一高等学校、東京帝国大学法学部法律学科を卒業した農商務省の官僚だった。

母親の平岡倭文重《しずえ》は、加賀藩漢学者、橋健堂《はしけんどう》（一八二二〜一八八一）の孫で、東京開成中学の校長を務めた橋健三《けんぞう》の娘。三輪田学園中学校、同高等学校を卒業した才女である。

祖父母の住まいは、東京市四谷区永住町（現・新宿区四谷）、実家は渋谷区大山町（現・渋谷区松濤）で、いずれも一等地である。

三島本人はといえば、学習院初等科から学習院高等科、東京帝国大学法学部法律学科を卒業し、大蔵省に入って大蔵事務官に任命されるが、まもなく作家としての道を選んで、大蔵省を辞職した。昭和三十二（一九五七）年には、聖心女子大学を卒業したばかりの正田《しょうだ》美智子《みちこ》さん（現・上皇后）と見合いをしている。また皇太子ご結婚祝賀の演奏会に招かれたりと、皇族との関係なども年譜には見え隠れするのである。

三島は、こうした点からすればまったく苦労などなく、美しい文章で華麗な世界を自由自在に書き上げていたように思われる。初期の代表作『仮面の告白』に描かれる「私」の生活も、貴族的な煌《きら》びやかさに満ち充ちていると言えるだろう。

しかしそれは、じつは「貧農出身の成り上がり者」の孫であることを「とことんまでそれをかくし通し、優雅な家系のように誇示した」ためだったと冒頭引用の仲野羞々子は言うのである。

本当に、三島は、「胸の底にうごめく貧農コンプレックスを、貴族のポーズで克服しようとした」のだろうか――そういう見方で三島を捉えると、晩年の三島のボディビルへの熱中の理由も見えてくる。

三島のハッタリと祖父

三島由紀夫の父、平岡梓は、その著『伜・三島由紀夫』で、『仮面の告白』について「その思い切ったハッタリ振りにびっくり仰天しました」と書いている。

はたして、そのハッタリとはどの部分なのか。

小説だからすべてが「ハッタリ」でもまったく構わないのだろうが、子どもの頃の家の話に、父方の祖父、平岡定太郎のことは不思議なほど触れられていない。

それは、三島自身が作った年譜にも共通していることで、昭和十七（一九四二）年、三島が十七歳の時に定太郎は亡くなるが、このことをまったく記載しない。

また、昭和十二（一九三七）年、三島は十二歳で、学習院中等科に進む。これまで三島は祖母のなつ（夏、夏子、奈徒などとも表記される）とその夫・定太郎の元で育てられ、中等科に進学するときに、父母のところに帰るのだが、この時も「祖父母のもとで」という表現を避けて、祖母のもとで育てられたと記している。

このことについて、雑誌『噂』は、「祖父・定太郎の思い出を拒否したのは、やはり、自分の体内を、定太郎の父・太吉《たきち》という播州《ばんしゅう》の百姓の血が流れていることを恥じて、ひとに知られたくなかったためであろうか」と記す。

ついでに少し『噂』という雑誌について記しておこう。これは文芸評論家・作家の伊藤《いとう》整《せい》と一九七〇年代のベストセラー作家、梶山季之《かじやまとしゆき》が企画して作った月刊誌で、資金は全て梶山が出資した。大宅壮一《おおやそういち》、内田百閒《うちだひゃっけん》、川端康成、尾崎士郎《おざきしろう》など、各回、著名な作家を取り挙げて、彼らの周辺を洗いざらいにするという非常におもしろい雑誌であった。表紙の副題には「活字にならなかったお話の雑誌　梶山季之責任編集」とある。合計三十二冊を出すが、残念ながら五千万円の赤字で廃刊となった。

それでは、三島が触れるのを避けた祖父・定太郎とはどういう人物だったのだろうか。

三島の本籍は、昭和三十三（一九五八）年に杉山瑤子《すぎやまようこ》と結婚するまで、兵庫県印南郡（現・兵庫県加古川市）だった。

それでは、この加古川の家から出た定太郎は、どうやって「成り上がり者」になったのだろうか。

『噂』は、平岡太左衛門の息子・太吉は妻のつるとともに蓄財にはげみ、長男・萬次郎《まんじろう》と次男・定太郎の二人を賢く育てたと記す。そして、萬次郎は、「立志上京すると、苦学力行のすえ、東京で弁護士になった。明治三十一年三月には、三十八歳の若さで郷里から衆議院議員に当選し、次回も当選した」のである。

次いで、三島の祖父、定太郎も「兄につづいて上京し、刻苦勉励して早稲田専門部に学び、さらに帝国大学法科大学を明治二十五年、卒業して内務省に入った」というのだ。

定太郎はこの後、「徳島県参事官、栃木県警部長、内務省書記官兼衆議院書記官、高等文官試験委員、内務省参事官などを経て、更に広島、宮城、大阪の書記官に歴任し、後福島県知事に進み、前樺太《からふと》長官熊谷喜一郎氏が、施設を誤り為に朝野の反対を受くるや、氏は前内閣の末路に当り、原内相に抜擢せられて其後任となる」。

すなわち、三島の祖父・定太郎は、樺太長官にまで上っていったのだ。

「成り上がり者」と言われればそれまでだろう。しかし、成り上がり者といっても起業や株によって成り上がったのではなく、官僚としての道を真面目に栄進していったとすれば、必ずしも三島が嫌うような「成り上がり者」とは言えないのではないだろうか。三島自身も大蔵省に官僚として就職しているのである。

三島が祖父を嫌う理由

三島が祖父を嫌う理由は少なくとも三つあった。

まず、本名・公威《きみたけ》の由来である。

三島の父・平岡梓が書いている。「僕の父の恩人で当時造船界の大御所であった古市公《ふるいちこう》威《い》先生のお名前を頂戴した」（『伜・三島由紀夫』）というのである。

ついでに言えば、三島の弟の名前、「千之《ちゆき》」も定太郎の恩人で当時の有力官僚、江木千《えぎかず》之《ゆき》の名前をもらい、さらに三島の父「梓」も、定太郎が敬愛、師事していた、早稲田大学を創立した小野梓の名前に由来するという。

『噂』は、これについて「自分の嫌悪した祖父が出世の途上で世話になったという人物の名前を背負わされた三島由紀夫の気持ちはどうだっただろうか」と記している。

祖父を嫌う二つ目の理由は、定太郎が樺太本庁長官を、汚職の嫌疑で辞めたことだった。

これは、明治四十五（一九一二）年に行われた衆議院総選挙をめぐる疑獄事件である。『噂』が引く大正三年の記事には「すなわち当時、総選挙を行いしに政友会は資金の欠乏を感ずること甚だしく七十万円のうち三十万円は原内相の手により、二十万円は元田拓殖局総裁の手に依りてこれを引き受け、残り二十万円はその半ばを台湾総督府に、他の一半を樺太庁に負担せしめた」とした。

はたして平岡定太郎は、十七の漁場の操業を許可した樺太物産会社を作らせておいて十三の漁場許可を転売しこれによって三十万円を得、このお金のうち十万円を選挙費用として政友会に贈ったというのである。

このことは『原敬《はらたかし》日記』にも見え、大正三年六月三日に原敬のところにやってきた平岡定太郎は、樺太本庁長官を辞任したと記されている。

しかし、疑獄はこれだけではなかった。

定太郎は、印紙切手類販売事件でも起訴されていた。

そして、もうひとつ、三島が定太郎を嫌う理由――。

それは、平岡梓が書いているが、「子供が僕一人というのは、あながち母の邪推を待つまでもなく、その平常の振舞いからして父があるいはトリッペルにとっつかれていたためかと思われます」（『伜・三島由紀夫』）というように、派手な遊びなどで、定太郎は若い頃から淋病（トリッペル）に侵されていたというのである。

徴兵検査の真実

ところで、『噂』はもうひとつ、三島が後年、ボディビルなどで身体を鍛え、自衛隊に体験入隊するような理由を、祖父・定太郎の出身地との関係から炙り出そうとする。

三島は、『仮面の告白』で次のように記す。

「私のようなひよわな体格は都会ではめずらしくないところから、本籍地の田舎の隊で検査を受けた方がひよわさが目立って採られないですむかもしれないという父の入智慧で、私は近畿地方の本籍地のH県で検査をうけていた」

これは、半分は嘘である。当時、徴兵検査は必ず本籍地で受けなければならなかった。

三島はまた、この本籍地で受けた徴兵検査のことをこんな風に書いている。

「農村青年たちがかるがると十回ももちあげる米俵を、私は胸までももちあげられずに、検査官の失笑を買ったにもかかわらず、結果は第二乙種合格で……」（『仮面の告白』）。

しかし、これも事実ではなかった。

昭和十九年五月、志方尋常高等小学校で行われた徴兵検査を三島と一緒に受けた、船江不二男（『農民文学』同人）が、この時の三島のことを覚えていた。『噂』にはこうある。

加古川の検査場（現在の加古川市公会堂）に約百人の壮丁《そうてい》たちを集め、それぞれ越中ふんどし一つ締めた裸体で身体検査がはじまった。なりは小さくとも、いずれも野良仕事で鍛えた浅黒い肌の頑丈な体軀《たいく》ばかりである。そのなかで白い平岡公威の頼りない軀《からだ》はひときわ目立った。農村育ちの無作法な若者たちが、かれをからかうように、指さしてひそひそ話を交わしたりする。囲われたなかでは、性病・痔疾の検査がおこなわれる。全裸で四つん這いになって検査官の前に尻を向けるのである。平岡公威も、四つん這いになった。校庭で体力の検査がおこなわれたのは、これらの検査が終わったあとである。四十キロの重みをもった土囊《どのう》を頭上に何回持ち上げることができるかというのが検査方法であった。

船江は、土囊を六、七回も頭上に持ちあげた。他の青年たちも、そうであった。農村の若者たちにとっては、朝飯前の運動だったといってもよい。いよいよ、船江たちの見ている前で、痩せて白い軀の平岡公威が腰をかがめて両腕を土囊の両端にかけた。だが、いつまでたっても持ち上げない。いや、持ち上がらないのであった。やっと地上から離れたが、わずか十センチくらいの高さである。力を出しきっていないのかなと船江が公威の顔を見ると青白い皮膚は紅く染まっていて、あきらかに全身の力をふりしぼっていた。

『仮面の告白』では「胸までももちあげられずに」と書いているが、三島は、土嚢を胸どころか膝までも持ち上げることはできなかったのだ。

こうした肉体的な恥ずかしさをまざまざと見せつけられた徴兵検査の場所こそ、祖父、定太郎の出身地であり、三島にとっては消すことができない本籍なのだった。三島は『仮面の告白』のなかで、定太郎や加古川についてわずかに触れるだけで、年譜でも、祖母の死は記しても、祖父の死を記さない。してみると、あるいは仲野羞々子が言うように、三島の中には、確かに定太郎を受け入れたくないコンプレックスがあったのかもしれないのである。

だが、祖父が成り上がったように、三島もそのコンプレックスがあったからこそ、平岡公威から三島由紀夫に成り上がれたのかもしれない。

こう生きて、こう死んだ

三島由紀夫《みしまゆきお》

大正十四(一九二五)年〜昭和四十五(一九七〇)年

東京に官僚の父、梓と、漢学者、橋健三の次女であった母、倭文重の長男として生まれる。本名、平岡公威。学習院中等科に入学するまで祖父母の元で育つ。十六歳で「花ざかりの森」を発表。学習院から東京帝国大学法学部に進み、卒業後は高等文官試験に合格して大蔵省に入省するも、九カ月で退職して執筆生活に入る。最初の書き下ろし長編小説『仮面の告白』で作家としての地位を確立。以後、唯美的傾向と鋭い批評精神に富む作品を発表。小説だけでなく戯曲、評論など幅広く活躍。三十代に入ってからボディビルで肉体改造を開始。やがて政治的な傾向を強め、民間防衛組織「楯《たて》の会」を結成。陸上自衛隊市ヶ谷駐屯地で東部方面総監を監禁、憲法改正と自衛隊員の決起を訴える檄《げき》を飛ばした後、割腹自殺を遂げた。作品は広く海外にも紹介され、ノーベル文学賞の候補にもなった。代表作に小説『金閣寺』『潮騒』『豊饒の海』、戯曲『近代能楽集』『鹿鳴館』『サド侯爵夫人』など。

炎上案件 / 16

伊藤整の猥褻（わいせつ）

『チャタレイ夫人の恋人』はエロか文学作品か

――一般読者に対し慾情を連想せしめて性慾を刺戟興奮し且人間の羞恥と嫌悪の感を催おさしめるに足る猥褻の文書

……これがため我国現代の一般読者に対し慾情を連想せしめて性慾を刺戟《しげき》興奮し且《かつ》人間の羞恥と嫌悪の感を催おさしめるに足る猥褻《わいせつ》の文書である前記「チャタレイ夫人の恋人」上巻八万二十九冊、下巻六万九五四五冊を夫々発行の上、昭和二十五年四月二十日頃より同年六月上旬迄の間、前記会社本店に於て、日本出版販売株式会社その他を通じ一般読者多数に販売したものである。

（昭和二十五年九月十二日　起訴状）

そもそも「猥褻」とは何か――。「猥」の右側「畏」は、「畏敬《いけい》」などの熟語で使われる漢字であるが、これは「心が竦《すく》むこと」をいう。これに「犭（獣偏）」が付いて、「心が押し潰されて、もうどうしようもなくなって滅茶苦茶になってしまうこと」をいう。

また、「褻」は、「衣」に、「熱」のもとになった字を入れたもので、熱が籠《こ》もった衣が粘り着くことを表すのがもともとの意味である。ここから「身体について穢《けが》れる」という意味に転化した。

すなわち、「猥褻」とは、「性欲などに心が押し潰されて自暴自棄となり、穢れを自らに付けてしまう」ことをいうものである。

D・H・ロレンスの『チャタレイ夫人の恋人』は「猥褻」な「エロ本」なのか、それとも高尚な「文学作品」なのか、七年にも及ぶ議論の果てに出た結論はどんなものだったのか。

伊藤整の名訳が発禁処分

森鷗外の『ヰタ・セクスアリス』（明治四十二年、雑誌『スバル』七号）は、発行一カ月後に発禁になった。「猥褻」だからという理由である。

永井荷風《ながいかふう》も『ふらんす物語』『歓楽』『夏姿』などで発禁処分を受けている。これも「猥褻」だからである。

『チャタレイ夫人の恋人』も猥褻文書として、大きく世間を騒がせた作品である。

昭和二十五（一九五〇）年四月二十日に『ロレンス選集』第1巻が、そして同年五月一日に第2巻が出版された。

版元は、千代田区富士見町にあった小山書店、店主は小山久二郎《おやまひさじろう》という人物で、三木《みき》清《きよし》『読書と人生』、下村湖人《しもむらこじん》『次郎物語』、永井荷風『すみだ川』、火野葦平《ひのあしへい》『糞尿譚』

（芥川賞受賞作品）などの名著を出していた出版社である。そして翻訳は、詩人、小説家、文芸評論家、翻訳家として知られる伊藤整《いとうせい》（一九〇五〜一九六九）であった。

新潮社の文化企画部長、日本文藝家協会理事、早稲田大学第一文学部講師、日本ペンクラブの幹事を務めていた伊藤は、ジェイムズ・ジョイスやヴァージニア・ウルフなどの翻訳、研究によっても知られていた。

名著を出す出版社から出た話題の本書は、伊藤の名訳で発売からわずか約二カ月でおよそ十五万部（昭和二十七年一月十八日の第一審判決によれば、上巻八万二十九冊、下巻六万九五四五冊）の増刷に達していた。

しかし、そのベストセラーが六月二十七日、突然、全国の書店から消えたのだ。発禁処分になったのである。

『ロレンス選集』とタイトルにはあるが、これは、D・H・ロレンスの『チャタレイ夫人の恋人（以後、『チャタレイ夫人』と略称）』を含むものだった。

当時、カストリ雑誌、ワイ本と呼ばれるエログロナンセンスをあつかう書物が横行する中、警視庁はこれらを取り締まるために「出版風紀委員会」を起ち上げていた。検察当局は、この風紀委員会の各メンバーに答申をして、本書の発禁に踏み切ったのである。

出版社側は当初、たいしたことはないと思っていたようである。

猥褻な本として発禁になった石坂洋次郎《いしざかようじろう》『石中先生行状記』（一九五六年、新潮社）、ノーマン・メイラー原作・山西英一訳『裸者と死者』（一九四九年、改造社）など、まもなく発禁解除になったという事実があったからだ。

だが、九月十二日、刑法第一七五条「猥褻物頒布等罪」で起訴されることになってしまう。いわゆる「チャタレイ事件」あるいは「チャタレイ夫人事件」と呼ばれるものである。

この裁判は、昭和二十六年五月八日の第一回公判から戦後まもない我が国に「猥褻（文書）」とは何を指すかという問題を提示することとなった。

この第一回公判の起訴状朗読、弁護側公訴棄却要求、中込検事の冒頭陳述から、なんとこの裁判は七年に及んで議論がなされることとなる。

上告に上告を次いで最高裁判所判決が下されたのは、昭和三十二年三月十三日、「発行人罰金二十五万円、訳者罰金十万円」という有罪の宣告だった。

はたして、どのように検察側と弁護側の応酬が行われたのだろうか。

問題となった性交描写

話を進める前に、『チャタレイ夫人』のあらすじを紹介しておこう。

一九二〇年代初頭、イギリスの貴族のクリフォード・チャタレイは第一次世界大戦で負傷し、下半身不随になって帰国する。まだ二十九歳。出征の前に結婚した美しい夫人、コンスタンスは二十三歳。若い二人の間には、子どもがいない。

クリフォードは、後継ぎとなる子どもを作るという目的だけでセックスをする男を、コンスタンスに紹介するのだ。

しかし、性交渉がない寂しさを感じていたコンスタンスは、領地内で森番をするメラーズと結ばれてしまっていた。コンスタンスとメラーズの肉体関係は次第に深くなり、やがて彼女はメラーズの子をお腹に宿し、クリフォードに離婚を求めることになるのだが……。

ぜひ、「完訳」版の『チャタレイ夫人の恋人』を読んで頂きたいが、「完訳」版から「猥褻」とされる部分を少しだけ紹介しよう。

「彼の指は、彼女の腰と尻の、デリケートな暖かい秘密の肌を愛撫していた。彼はかがんで、自分の頬を彼女の腹に、また彼女の腿に擦りつけた。すると、またしても彼女はそれが彼にどんな悦びを与えているのだろうと考えた。彼女の生きている秘密の肉体に触れることによって、彼が彼女に見いだしている美、ほとんど美の陶酔と言うべきものが、彼女にはわからなかった。（中略）自分のずっと深い所で、新しい戦慄が、新しいむき出しなものがうごめき出すのを感じた。（中略）内部への彼の侵入によって、彼女が強い救いを得、最後の達成によって純粋な心の平和を得たときも、まだ彼女は待っていた」

いかがだろうか。

裁判では、『チャタレイ夫人』のこうした性交描写が芸術的に昇華《しょうか》されたものであるか、それとも「我国現代の一般読者に対し欲情を連想せしめて性慾を刺戟興奮し且人間の羞恥と嫌悪の感を催おさしめるに足る猥褻の文書である」かが、議論の中心であった。

最高検察庁の岡本梅次郎検事は、昭和二十六年九月二十四日号「週刊朝日」に次のように談話を出している。

「『チャタレイ夫人』は現代の広い一般読者に対して、直ちに欲情を刺戟興奮させたり、人間の徳性や習性のうえから見て恥かしいという観念と、唾棄《だき》すべきものであるとの観念を起させるに過ぎない。ロレンスは道徳を低下させようとするために、この本を書いたとしか思えない。人間と犬を同列において、人と動物と異る最後の点――つまりモラルを抹殺しようとするものでしかない。（中略）作家連中から何とか云って来るだろうが、公判ではあくまで闘う心算《しんさん》だし、『チャタレイ夫人は文学作品に非ず』ということを論証する自信はある。文学作品の価値は俺たちだけにしかわからぬと云う文壇人がいるなら、それは大変な独断だ。アメリカの薬屋などで並べて売っている『マリド・ラブ』Married love（結婚愛）が『チャタレイ夫人』の種本だ。発行から随分日が経ってから取締るのはおかしいというような声もあるが、発行されたその日に読んでいたら、すぐ起訴を決定していただろう。我々は忙しくて、こんな文学的価値のない作品を読むひまがなかったのだ。『チャタレイ夫人』を起訴することによって、現在ワイセツ文書を取締る唯一の法規である刑法百七十五條の解釈に一つの規準を与えるつもりでいる」

岡本梅次郎検事は、かなり厳しく『チャタレイ夫人』をワイセツなものとして糾弾する姿勢だった。

さて、こうした検察側の意見に対して、弁護側の最終弁論と最終陳述を行ったのは、「論争の手品師」とも呼ばれた評論家、福田恆存《ふくだつねあり》（一九一二〜一九九四）だった。また、福田は、東京帝国大学文学部英吉利文学科卒で、すでに卒業論文に「D・H・ロレンスに於ける倫理の問題」を書いていたのだった。

「チャタレイ事件」の最終弁論と判決について、福田は、一九五二年二月号『文學界』に「結婚の永遠性―チャタレイ裁判最終弁論―」、同年三月号『群像』に「政治への逸脱（チャタレイ裁判の判決をめぐって）―現代文化論―」を書いているが、中西善弘《なかにしよしひろ》が「チャタレイ事件公判速記録」（天理大学学報五十一号〈二〇〇〇年二月〉）にまとめているところを引用したい。

まず、「ロレンスの思想に即しての『猥褻の定義』」について、福田は、〈要旨〉として次のように言う。

ロレンスは、性の「秘密性」と性の「慎しみ」とは同じでないことを強調し、性の「慎しみ」をなくしてはならないと主張する。「慎しみ」とは性にたいする敬虔な感情であり、「秘密性」とは無用な恐怖感である。そして猥褻文書の特徴は、性の「秘密性」、即ち性を秘密なものとしておいて、それをくすぐってやることにある。つまり、くすぐられる快感を生じるためには、性を秘密にしておく必要があるという心理を猥褻文書の作成者は、じつによく心得ている。

また、「伊藤　整の『チャタレイ夫人の恋人』を訳した必然性」という点についても次のように記される。

明治以後の日本の文学史において、その主流をなしたものは「私小説」である。あまりにも日本的な文学である「私小説」とは、大ざっぱにいえば、「私はかくも情ない、下らない人間である」というような自己告白が纏綿《てんめん》と続き、そこに抒情《じょじょう》がただよう文学である。伊藤　整は、「私は悪者だ」という口実のもとに「誠実」を売物にする日本の「私小説」を「出家遁世《しゅっけとんせい》」の文学、「逃亡奴隷の文学」として批判し、「私小説」の伝統に反逆していた。即ち、人間の外面的行動を因果の必然性に頼って書く手法に異を立て、人間内部の意識の世界を描く文学作品を書こうとした。「誠実」な作家であればあるほど、「誠実」を売物にしたくない。しかし、自意識の悪循環に苦悩する。同じ20世紀の知識階級として20世紀文学が内包する悪循環と対峙《たいじ》したロレンスに伊藤　整は同伴者の意識をもったのである。

福田恆存が主張するロレンスの文学性、伊藤整の文学的挑戦、それはよく分かる。

しかし、一九五二年当時としては、福田の主張はあまりに先進的過ぎたのではないか。少なくとも岡本梅次郎検事のような、自分は何でも知っているとでも言いたげな物言いをする人には、福田の言うような主張は、決して通じるものではない。

そしてそれは、一般の人たちにも言えただろう。

『チャタレイ夫人』のようなリアリズムを追求した末に問題として残る、人の心と性に対する深い洞察を理解する人は少なかったのだ。

罰金刑を受けた小山書店は、この判決からしばらくして倒産してしまうことになる。

イギリスでのポルノグラフィ論争

はたして、日本での『チャタレイ事件』起訴からちょうど十年後の一九六〇年、イギリスではペンギン・ブックスによる『チャタレイ夫人』の出版をめぐって裁判が起こされた。それはイギリスで一九五九年に改定された「猥褻出版物禁止法」(Obscene Publications Act)に基づくものだった。

この時、ロレンスの死後三十年を経ていたが、まずロレンスによる「ポルノグラフィ」と、人間の「性」との違いが明確に、ペンギン・ブックスから示された。

ロレンスは次のように言う。

結局ポルノグラフィとは何であるか? それは芸術におけるセックス・アピールあるいは性的刺戟ではない。それは芸術家の側の、性的感情をかきおこし、興奮させようとの意識的意図でさえない。それらが率直で、ここそしたり下司なものでない限り、性的感情それ自体には何らいけない所はない。正しい種類の性的刺戟は人間の日常生活にとって計りしれない価値を持つものである。それがなければ世界は灰色になってしまう。

(奥村透「ロレンスの性・猥褻・検閲観と『チャタレー』裁判」)

続けて、ロレンスはポルノグラフィを、次のように定義する。

まず第一に、真のポルノグラフィはほとんど常にアンダーグラウンドで表面に出て来ない。第二に、それが変らずに性や人間精神を侮辱することによって、それと認識できる。

ポルノグラフィは性を侮辱し、それに悪意をもって危害を加えようとする試みである。

ポルノグラフィとそうでないものの違いを、ペンギン・ブックスは、具体的な例として挙げる。ポルノグラフィとしてはカサノヴァの回想録、そしてそうでないものとして『デカメロン』や『チャタレイ夫人』。

ロレンスは、さらに続けてイギリスの絵画がヨーロッパの他の国のものに劣るのは、恐怖という麻痺《まひ》に取り憑かれたからだといい、性生活への恐怖こそがシェークスピア以降リチャードソン、スウィフト、ワーズワース、シェリー、キーツ、ブロンテ姉妹などにも通じてあるというのである。

こうしたロレンスの「性」に対する考えを支持する弁護側に呼ばれたのは、ケンブリッジ大学クライストカレッジの英文学講師兼フェロー、グラハム・ハウ、そしてオックスフォード大学の英文学リーダーでブリティッシュアカデミーのヘレン・ガードナー女史、ケンブリッジ大学の英文学講師、ジョーン・ベネット女史らであった。

彼らは、『チャタレイ夫人』が乱交的不倫性行為を崇拝しているものか、との裁判官の質問に「ノー」と答え、ロレンスの文学性の高さを証明したという。

このイギリスでの『チャタレイ夫人』事件は、六日間に及ぶ審議の末、陪審員の圧倒的多数による「無罪」判決によって終結する。

もし、日本でも女性の英文学者が弁護側に立っていたとしたら、判決は変わっていたかもしれないと思うが、どうだったのであろうか。

さて、一九五〇年の裁判から四十六年を経た一九九六年、新潮社は『完訳　チャタレイ夫人の恋人』を出版した。訳者は伊藤整、そして伊藤が削除していた部分の「補訳」は伊藤の次男、伊藤礼《れい》が行った。

実は伊藤は、「猥褻文書販売」に引っかかると思われる部分を意図的にアスタリスクで削除して訳していなかった。量としては八十頁分ほどにも上る。

ロレンスから言わせれば、こうした伊藤の「こそこそしたり、下司」の勘ぐりをしたところこそが、猥褻であるということになるのかもしれない。

こう生きて、こう死んだ

伊藤整《いとうせい》

明治三十八（一九〇五）年～昭和四十四（一九六九）年

北海道で小学校教員の父のもとに長男として生まれる。小樽高等商業学校（現・小樽商科大学）卒業後、教師となるが、二年後に退職し、上京。東京商科大学（現・一橋大学）に入学しフランス文学を学ぶ。北海道時代から詩を書き始めるが、やがて小説、批評に転じる。フロイトの精神分析学や、ジェイムズ・ジョイス、マルセル・プルーストら二十世紀文学の影響を受け、「新心理主義」を提唱。翻訳家としても活躍し、ジェイムズ・ジョイス『ユリシーズ』などを手掛けるが、翻訳した『チャタレイ夫人の恋人』が猥褻文書の疑いで起訴。有罪判決を受ける。裁判と並行して発表したエッセイ『伊藤整氏の生活と意見』や、「チャタレイ事件」を描いたノンフィクション『裁判』も話題となった。日本近代文学館を設立、理事長となる。癌性腹膜炎のため死去。代表作に、小説『鳴海仙吉』『火の鳥』『氾濫』『発掘』『変容』、評論『小説の方法』『日本文壇史』など。

炎上案件 / 17

永井荷風の累（るい）

父親への嫌悪から選んだ生き方

――自分の父は相当に累のない一家を持っているし、自分は自分だけの月給で暮らしていけばよい戦争の結果など殆ど考慮すべき問題ではない。万一負けた処で、今日では各国との国際関係やら、昔のように戦敗が直に国の滅亡と云う事になる気遣いがない。償金を取られるだけだ。国民の負担が比較的重くなる。重くなったとて、直ぐ貧乏して餓死する訳じゃない。自分の父は相当に累《るい》のない一家を持っているし、自分は自分だけの月給で暮らしていけばよい。たかが高等官最下級の外交官補だ。

（永井荷風『ふらんす物語』「放蕩」）

「累」は、旧字体では「纍」と書かれた。これは、糸で次々と繋ぎ止めて関係を作っていくことをいう。「累」を使った熟語に「係累」「繫累」もあるが、これは、心身を拘束する煩わしい人間関係である。

日露戦争中、アメリカにいた永井荷風《ながいかふう》は、帰国後、できるだけ「累がない」生活をして、独り死んでいった。荷風は、「累のない」ことをひたすら求めたのだ。

深くつきあう友達もいらない、家庭もいらない、そうして人工的な、その場の楽しみだけを追い続けた。

その精神は父親への嫌悪からきたのではなかったか。

書店に並ぶ前に出版禁止

明治四十二（一九〇九）年、博文館から出版された『ふらんす物語』は、内務省に納本の手続きをすると同時に出版禁止になり、見本刷りの段階で一部あまさず押収された。

「売捌《うりさばき》書店へは一部を配付する暇だになく全部埋没《まいぼつ》される事になったのです。禁止する側から云えば誠に機敏な大成功でありました」（永井荷風「フランス物語（ママ）の発売禁止」明治四十二年四月十一日付『読売新聞』）と荷風はいう。

しかし、発禁処分となった問題部分『ふらんす物語』所収の一篇「放蕩」は、大正十二（一九二三）年『二人妻』に「雲」と改題され、文章として問題になる部分を伏せ字にして、東光閣書店から出版された。この伏せ字本は、今、国立国会図書館デジタルコレクションで見ることができる。

そして、その東光閣本の伏せ字部分は、『荷風全集』に照らし合わせると読むことができる。その一部が冒頭に挙げたものである。

荷風は、父親や国家という「権威」に対して、強い嫌悪を抱いていた。

日露戦争の最中、アメリカにいた荷風は、従兄・永井松三《まつぞう》の斡旋で在ワシントン日本帝国大使館に職を得るが、イディスという娼婦と深い関係になり、政治には一向に関心を持とうとはしない。

「僕も色々将来の事を考えるが今から商売人にも役人にもなれない。そうかと云って文学者で成功するのも先ず望少なしで矢張《やはり》若旦那で四畳半へ引っ込み世の名声には相関せず静に自分の好きな書物でも読んで一生を送りたいと思っているのさ」（明治三十八年七月二十六日、井上精一宛書簡）などと記している。

さて、「放蕩」には「自分の父は相当に累のない一家を持っているし」と書かれているが、「累のない」ことをひたすら求めた荷風の生き方には、この父親の存在が大きく影響している。

父親のコネで得た仕事

明治四十一（一九〇八）年七月、アメリカ、フランスなどの五年に及ぶ外遊を経て帰国した永井荷風は、二十八歳になっていた。

帰国後は、新宿区余丁町十四―三にあった実家に戻ることになる。

今、ここには「永井荷風旧居跡」の看板が掲げられている。「我家は山の手のはずれ、三月、春泥《しゅんでい》容易に乾かず、五月、早くも蚊に襲われ、市ヶ谷のラッパは入相《いりあい》の鐘の余韻を乱し、従来の軍馬は門前の草を食み、塀を蹴破る。昔は貧乏御家人の跋扈《ばっこ》せし処、もとより何の風情かあらんや」（『断腸亭雑纂』）という、来青閣と呼ばれた家（この「来青閣」は荷風の父、久一郎が付けたもの）である。

父・久一郎《きゅういちろう》はここから横浜の日本郵船に通っていた。

荷風の弟、威三郎《いさぶろう》は七月に東京帝国大学農科大学農学実科を卒業し、農商務省の練習生として十一月からアメリカに留学することになっていた。

荷風は、威三郎と後年諍《いさか》いをして決して会おうとしなくなるが、すでに帰朝して同じ屋根の下で暮らしはじめたこの頃から、威三郎に冷ややかな態度で接していた。

荷風を溺愛した母親・恒《つね》がいなければ、荷風は実家には戻ってこなかったのではないかと思われる。

父親が荷風の文学熱を好ましく思っていなかったからである。

「……当分親爺の手前をごまかす為めに役所か会社へ出ようかと思っている」（七月二十四日付書簡）と友人の井上唖々《いのうえああ》（精一）に記している。

父・久一郎はエリートだった。

明治四（一八七一）年、名古屋藩の藩命によってアメリカに留学し、プリンストン大学、ボストン大学でラテン語と英語を修めて帰国すると、内務省衛生局長、帝国大学書記官、文部大臣の主席秘書官、文部省会計局長兼参事官などを歴任した。そして、明治三十（一八九七）年に文部省を辞めた後、伊藤博文《いとうひろぶみ》、西園寺公望《さいおんじきんもち》、加藤高明《かとうたかあき》の斡旋で日本郵船の上海支店長に就任していた。

「実学」を身につけて出世した父は、荷風にも「実学を身につけよ」といってアメリカに送り出す。

タコマ、カラマズーを経て、先に触れたようにワシントンD.C.で日本帝国大使館に雇われるが、ポーツマス条約が締結されるとまもなく、人員削減で解雇される。

これを聞いた久一郎は、アメリカ留学当時からの友人で横浜正金銀行頭取の相馬永胤《そうまながたね》に荷風の就職斡旋を依頼する。

こうして荷風は、横浜正金銀行ニューヨーク支店（ニューヨーク州法によれば「ニューヨーク出張所」）の「事務見習員」として就職するのだ。

配属先は「日本政府外国公債利子支払課」であった。

この時のことを荷風は、母親宛の手紙（明治三十九年一月七日付）に「親の七光りのおかげで、支店長始め皆親切にしてもらって心配なく仕事をしている」と書いているが、その仕事は、「受附口の窓をつけた金網の圍《かこ》いの中、タイプライタアと電話の響の絶え間もない金庫のかげのデスクに紙幣《さつ》の勘定と帳付《ちょうつけ》の役目、単調無味なる職務」（『ふらんす物語』所収「西班牙料理」）というものだった。

荷風は、この時、高橋是清《たかはしこれきよ》に会っている。

高橋是清は、当時、日本銀行副総裁で、相馬の後を継いで横浜正金銀行頭取であった。アメリカには、日露戦争の戦費調達のために発行された外国公債を引き受けてくれたお礼に来たのだった。

ウェスト街にあった日本料理屋「生稲」で、高橋を囲んだ宴会が開かれ、「下っ端」の荷風たちも招待された。「こっちは低い処でお辞儀をして、名刺を出して、〝ヘエッ……〟と言って帰って来る」（『新春懇談会』）ということだったから、「会った」といううちにも入らないのかもしれない。

しかし、相馬と荷風の父親は友人だったし、荷風の父親と高橋もかなり近いところにいた。荷風にもし、政治や経済界などへ進もうという気があったら、その道もきっと拓《ひら》けていたに違いない。

しかし、荷風にはそんな気はさらさらなかった。

アメリカからフランスへ

生活するうちに荷風は次第にアメリカを嫌い、フランスに行くことを夢見るようになっていく。

「その頃、吾々は米国に居ながら米国が大嫌いであった」(『ふらんす物語』所収「再会」)、あるいは「八つ当たりに米国社会の全体をば、殊に芸術科学の方面に至っては、さながら未開の国の如くに罵り尽して、いささか不平を慰めるのが例であった」(同前)、「何につけても、吾々には米国の社会の余りに常識的なのが気に入らない」(同前)と、荷風は書いている。

ここに「吾々」とあるのは、アメリカで知り合い、パリで再会した蕉雨という雅号の洋画家である。

そして、次第に、「素川子(明治・大正期の新聞記者、鳥居素川《とりいそせん》)と四方山《よもやま》のはなしの末余は米国の生活の更に余の詩情を喜ばすものなきを嘆じ仏蘭西《フランス》に渡りて彼の国の文学を研究せん事の是非を問いぬ」(『西遊日誌抄』)、「あゝ美しきミュッセの詩よ。余は銀行内にありても折あれば窃《ひそ》かに衣嚢《いのう》より一巻を取出して黙読せり」(同前)と思いをつのらせていく。

荷風の父親は、しかし、荷風のフランス行きをすぐには認めなかった。

「此の分でもう二、三年も紐育《ニューヨーク》の陋巷《ろうこう》に埋もれて居たらアランポーの流れをくんで鴉片《アヘン》でもやる様になるだろう」（明治四十年五月二十九日付、西村渚山〈恵次郎〉宛書簡）と荷風は書いている。

荷風のフランス行きは、父親が相馬を通して高橋是清に息子をフランスの横浜正金銀行リヨン支所に転勤させて欲しいという手紙を書くことでまもなく実現する。

明治四十（一九〇七）年七月二日、荷風は転勤命令を受け、七月三十日にリヨンに到着することになるのである。

フランスに来たのは、文学のためであって、銀行の業務を行うためではない。

「ぼくは西洋に居たいばかりに、ふなれなソロバンをはじき、俗人と交際して居る。しかし一度び、夕暮と共に銀行を出れば、僕は全く生返った様になって直ちにカッフェーに赴いて音楽を聞くのだ」（明治四十年十二月十一日付、西村恵次郎宛書簡）。

そして、荷風は、将来、『ふらんす物語』となる原稿を書いていった。

『ふらんす物語』序は、こんなふうに綴られている。

本書（『ふらんす物語』）収むる所の諸篇、短編小説、紀行、漫録《まんろく》のたぐいは大概当時の印象を逸《いっ》せざらむが為、銀行帳簿のかげ、公園路傍の樹下、笑声弦歌《しょうせいげんか》のカフェー、又帰航の船中にて記録したりし……

荷風は、とにかく、父親の立場をうまく利用しながら、自分の道を歩いて行く。銀行に出勤することが苦痛になって無断欠勤などをするようになり、やがて銀行を辞め、帰国を余儀なくされてしまう。

荷風のヨーロッパでの生活を見ていると、とにかく他人と深い関係を作らないようにしていることが手に取るようである。関係を作れない性格であったとも言えるだろうが、「累のない」生活を、荷風はこの頃から作ろうとしていく。

『あめりか物語』の成功

帰国後も同じであった。

先に挙げたように、荷風は「当分親爺の手前をごまかす為めに役所か会社へ出ようかと思っている」と記すが、なんとかそこから逃げなければならないとも思っていた。

好きなことをして暮らすためには、「文学」で父親から認められるより他に道はなかった。

明治四十一（一九〇八）年八月九日、博文館から、まずアメリカでの生活を描いた『あめりか物語』が出版される。

この作品は、「自分の考だけでは殆ど当時生命を傾けた位な短編がある（芸術的価値はさて置き当時の記念という点から見て自分の身の上では何物にもかえがたい物なのだ）」（明治四十一年二月二十日付、西村渚山宛書簡）というものだった。

はたして、『あめりか物語』は、大成功を収める。

それは、当時流行していた島崎藤村《しまざきとうそん》や田山花袋の自然主義とは違う世界が描かれていたからである。

藤村や花袋は、彼らの浪漫的理想の挫折を強いる社会、現実の生活を「家」あるいは「家族制度」の重圧的憂鬱《ゆううつ》として描いていた。

対して荷風は、アメリカやフランスでの経験、そしてモーパッサンの作品を通して耽美主義と呼ばれる新しい境地を拓いたのだった。

まだ東京帝国大学の学生だった谷崎潤一郎《たにざきじゅんいちろう》は、『あめりか物語』を読んだ感想を次のように書いている。

「私は大学の二三年頃、激しい神経衰弱に罹って常陸《ひたち》の国助川にある偕楽園別荘に転地している時に、始めて此の書を得て読んだ。蓋《けだ》し、それよりずっと前に漱石先生の『草枕』

や『虞美人草』の如き、非自然主義的傾向の作品が出たことはあるけれども、未だ此の書の作者の如く自然主義に反対の態度を鮮明にした者はなかった。少くとも私はそう云う感銘を受けた。それに、漱石先生はその社会的文壇的地位が余りに私とは懸隔《けんかく》があり過ぎ、近づき難い気がしたが、荷風氏は当時仏蘭西滞在中（？）の最も尖鋭な新進作家であり、恐らくはまだ二十代の青年らしく思われたので、私はひそかに此の人に親しみを感じ、自分の芸術上の血族の一人が早くも此処に現われたような気がした」（笹淵友一「永井荷風『あめりか物語』論」）

谷崎と同じように、荷風の作品に新しさを感じた人に、佐藤春夫もいた。

そして、漱石も荷風を認め、明治四十二年には、『東京朝日新聞』に十二月十三日から翌二月末日まで小説の連載を依頼する。

この荷風の『東京朝日新聞』連載にはとてもおもしろい経緯があった。

というのは、漱石はじつは、鷗外に連載の依頼をしたのだが、鷗外が忙しいとこれを断る際に、自分の代わりに荷風をと推挽《すいばん》したのである。

こうして、『東京朝日新聞』に荷風が連載した「冷笑」という小説によって、荷風は父親から、文士として独立することに成功するのである。

そして、慶應義塾大学の顧問を務めていた鷗外は、荷風を慶應義塾大学文学部の教授として迎え、かつ荷風を主任教授に任命する。

荷風は、こうして文壇あるいは研究者としての地位を占め、父親から強要された「実学」から逃れることができたのだ。

跡取り息子としての結婚とその後

ただ、もうひとつ、父親から課されたことがあった。結婚である。

三十を過ぎた長男である荷風が、未婚で跡取りのないことは、父・久一郎には我慢がならないことであった。

秋庭太郎『永井荷風伝』によれば、明治四十五(一九一二)年の春頃から久一郎はしきりに荷風に結婚を迫る。荷風はこの頃、痔に悩まされ病院に入院していて、ただ父に言われるまま、斎藤ヨネとの縁談を受けたのだという。

この女性を紹介したのは、鷗外だった。

そして、ついに明治四十五年九月二十八日に、荷風は材木商・斎藤政吉の次女、ヨネと結婚した。

荷風三十二歳、ヨネ二十二歳だった。

しかし、結婚は形ばかりで、荷風はずっと八重次《やえじ》という芸妓と密会していた。二人で箱根に遊んだ後、十二月三十日夜、八重次の所に泊まった荷風は、翌日大晦日に実家に帰ろうとしている時に、父・久一郎の脳溢血による卒倒を知る。

正月二日に父親は亡くなってしまう。

すると、二月十七日には、結婚したばかりのヨネと離婚してしまうのだ。

「いやになって来たそもそものはじまりは、その女の兄貴だの弟だのっていうのが、むやみと押しかけて来て、ひとの部屋に上がりこんで勝手に机の引き出しをあけたり、本を持ってってったりしたからですよ。一体にしろうとと関係を持てば、親類だの何だのっていって面倒な言いがかりをつけて来ますよ」（秋庭太郎『永井荷風伝』所引、昭和三十三年一月蘆原英了と永井荷風対談「独身の教え」）

荷風は家庭などという繋累を欲しくはなかった。

「私は唯だ「形」を愛する美術家として生きたいのだ。私の眼には善も悪もない。私は世のあらゆる動くもの、匂うもの、色あるもの、響くものに対して、無限の感動を覚え、無限の快楽を以て其れ等を歌って居たいのだ」（「歓楽」）

ここで書かれる「形」とは、もちろん遊里の世界にいる女性である。

累を作らず、ただ傍観者として、荷風は女性との関係を持って楽しむことを求めていく。

大正七（一九一八）年、荷風は、下町に住もうと大久保の家を売り払い、築地に居を構えるが、わずか一年余りでそこを引き払ってしまう。

「曽《かつ》て山の手の家を住みにくしと悪み、川添の下町住いを風雅となしたるは、軍人と女学生とを毛虫の如くに嫌いしためなりしが、いざ下町に来て住めば、隣近所の蓄音機騒しく、コレラとチブスの流行には隣家と壁一重の起《お》き臥《ふ》し不気味にて、且《さらに》は近年町内に軍人まがいの青年団というもの出来て、事ある毎に日の丸の旗出せというが煩わしく、再び山の手の蜩《ひぐらし》鳴く木立なつかしく思返されて引移りしは、まことに天の佑なり」（『隠居のこゞと』）

どこに行っても深い関係を持とうとはしない、持つことができない性格で、荷風はどこまでも逃げて行く。

その力は、おそらく父親への反発というところに根があったとしか考えられないのである。

こう生きて、こう死んだ

永井荷風《ながいかふう》

明治十二（一八七九）年〜昭和三十四（一九五九）年

東京生まれ。父は留学経験もあるエリート官吏で実業家。本名、壮吉《そうきち》。高等師範学校附属尋常中学校（現・筑波大学附属中学校、高等学校）を経て、官立高等商業学校附属外国語学校（現・東京外国語大学）の清語（中国語）科に学ぶ（中退）。母親の影響で歌舞伎や邦楽に親しみ、日本画や書も学ぶ。小説家、広津柳浪《ひろつりゅうろう》に師事するも、父の意向で実業を学ぶべく米仏に留学。帰国後、『あめりか物語』などを発表し耽美派の代表作家に。慶應義塾大学教授となり、『三田文学』を創刊。商家の娘、斎藤ヨネと結婚するも、ほどなく離婚。翌年、新橋の芸妓、八重次と再婚したが別居後、離婚。『三田文学』の運営方針を巡って慶應義塾当局と対立し、教授職を辞した後は、偏奇館と名付けた自宅で隠遁生活を送りつつ、鋭い反時代的姿勢を貫き、孤独に創作活動を続けた。胃潰瘍の吐血による心臓発作で死去。代表作に小説『濹東綺譚』『腕くらべ』『つゆのあとさき』『踊子』、日記『断腸亭日乗』など。

炎上案件 / 18

徳冨蘆花の絶交（ぜっこう）

偉大な兄・蘇峰との確執

——私達兄弟は
遂に絶交して別れ別れて
住まねばならないようになったのは
皆さんの御存知の通りです

私達兄弟が世間から不和であい相争っていりょうにいわれているのは私にとって心外でなりません、私達兄弟は決して相争ったこともなくお互に心からにくみあったこともないのです、私は物心のついた頃から弟を愛する事親以上でありましたが私達兄弟は遂に絶交《ぜっこう》して別れ別れて住まねばならないようになったのは皆さんの御存知の通りです、私はこれについてなぜだかどうして解らない、私は弟を愛していられざる悲しみに幾たびか涙したことがあります。

（昭和二年九月二十四日付『東京朝日新聞』所載、蘇峰による蘆花葬儀の挨拶の言葉）

「絶交」とは交わりを「絶つ」ことであるが、「絶」とはどういう意味の漢字なのだろうか。「絶」の旁の上部に書かれた「⺈」は、力（かたな）を表す。その下の「巴」は、もと「節」を表す「卩」を書いたもので、短い節のようにズタズタに糸を切ることをいう。

徳冨蘆花《とくとみろか》は、蘇峰《そほう》との関係を、自らズタズタに切ったのだ。

だが、徳冨蘇峰には、弟・蘆花が自分と絶交した理由が分からなかった。

偉大な兄を持つ弟の本当の気持ちとはなんだったのだろうか？

徳富蘇峰という巨人

徳富蘇峰という巨人がいた。明治、大正、昭和の言論界に君臨し、昭和三十二（一九五七）年十一月二日に、九十四歳で亡くなった。書いた本の数は五百冊を下らず、論説、小品の数は数千に及び、各界著名人と交わした手紙は万を下らない。その資料のあまりに厖大なためか、いまだそれらを集めた全集もなく、蘇峰の研究はまだ遅々として進まない。

この巨人の弟に、徳冨蘆花という小説家がいた。

明治三十三（一九〇〇）年に書かれた小説『不如帰』で一躍作家として脚光を浴び、『自然と人生』『思出の記』などで有名作家としての地位を築いた。明治三十九（一九〇六）年には、ロシアにトルストイを訪ね『順礼紀行』を著したりしている。

今、世田谷区にある芦花公園は、この徳冨蘆花が住んだところである。

さて、蘆花は、巨人・蘇峰と袂《たもと》を分かって絶交した。

その原因は、あまりに巨きすぎる兄・蘇峰に対する嫉妬と、自分が、人から認めてもらっていないという気持ちからだった。

待望の長男と癇癪持ちの弟

昭和三十三（一九五八）年、十一月三日付『読売新聞』に、徳富蘇峰についての簡にして要を得た略歴が掲載されている。

本名猪一郎《いいちろう》。文久三（一八六三）年一月二十五日熊本県に生まれた。明治九年、新聞記者を志して上京、旧一高の前身、英語学校に学び間もなく京都の同志社に移って新島《にいじま》襄《じょう》に師事した。同十四年帰郷して熊本に大江義塾を開き、同十九年「将来之日本」発刊、つづいて翌二十年民友社を興して雑誌「国民之友」を創刊、西欧の近代思潮をつぎつぎと紹介して揺らん期の明治文壇、思想界に大きな影響を与えた。同二十四年には国民新聞を発刊、昭和四年退社するまで社長のイスにあったが、大正七年からライフ・ワーク「近世日本国民史」を同新聞に連載、熱海伊豆山の「晩晴草堂」にこもった戦後の昭和二十七年に第百四巻「明治時代・般」を書き終えて四十年にわたって書き続けられた全巻二千六百万字に及ぶ膨大な史書が完結した。二年間の思索のあと同二十九年三月から読売新聞に明治、大正、昭和の三代にわたる代表的人物を縦横に論評した「三代人物史伝」を日曜ごとに連載、いささかの衰えもみせない時代感覚に健筆ぶりをしめしたが、さらにこの「三代人物史伝」に引続き「晩晴草堂小話」を連載することとなり、その原稿の一部ができていたが、はからずもこれが絶筆となった。

蘇峰は、明治から昭和に掛けて、偉大な文化人としてそのトップにあった。

蘇峰は、四人の女の子の次に生まれた待望の長男だった。父親は四十二歳、母は三十五歳になっていた。

『蘇峰自伝』には「不思議に吾家は女のみにて、これには当時家の相続ということを最も大切とする時代に於ては、吾家では一大問題であったらしい。四番目の姉の生れる時には、父も今度こそは男子であろうと、心待ちに待ち構えていたが、それが裏切られて、非常に失望し、その為に最後の女の児を殊更初子と名付けたということである」と記される。

待ちに待った長男を、年を取った両親がどのように大事にしたかは、想像するに難くない。

「両親は予が十を望めば百を与えた。両親は予を単に自からの私有物とせず、祖先より供託せられたる吾家伝来の宝物として扱った」(同書)という。

だが、そうして育てられた蘇峰自身は、「但だ予は子供の時から執著力《しゅうちゃくりょく》が多くて、如何なるものでも、それを粗末にすることが嫌いで、極めて莫迦莫迦《ばかばか》しき話ではあるが、すり減らして草履の如くなりたる下駄をば、東京から携えて、大分から阿蘇山脈を越えて、熊本の吾家まで齎《もたら》し帰ったことさえある」（同書）という男だった。

蘇峰は、勝海舟や新島襄などの影響も受け、強く逞《たくま》しい精神を持って、民友社を立ち上げ、『国民之友』『国民新聞』などを発行したのだった。

それでは弟・蘆花はどういう人だったのだろうか。

五つ年下の蘆花は「愛には食傷して居る。併しながら敬に渇《かっ》している。（中略）それで始終弟が病癪《びょうしゃく》を起す時には、己を侮辱したとか、失敬したとか、馬鹿にしたとか云う様なことを申しておった」（同書）。

弟、蘆花は、兄、蘇峰に比べ、自分が認められないことを気にして癇癪《かんしゃく》を起こすような精神的に弱い子どもだったのだ。

一大決心の末の絶交

さて、明治二十九（一八九六）年五月十九日から一年一カ月の間、蘇峰はヨーロッパ諸国を歴訪する旅に出た。

この時、当然のように、蘇峰は、民友社の社員でもあった弟の蘆花に、民友社と両親のことを頼んだ。

しかし、民友社には、熊本時代からの蘇峰の右腕である人見一太郎《ひとみいちたろう》という男がいた。人見は、蘇峰の信頼が厚く、筆は立ち、法律や経済にも非常に詳しかった。

蘇峰がいくら蘆花に不在の間の民友社のことを頼むと言ったとしても、実際に民友社を動かしているのは人見であることは、誰の目にも明らかだった。

蘆花は、『富士』という自分の生活を開けっぴろげに記した小説を書いているが、それを読んでも、この頃、蘆花は民友社の社長席の背後の窓際でひとりポツネンと編集局の隅で猫のように背中を丸めていたと記されている。

兄・蘇峰に頼まれる仕事であれば、翻訳でも小説でも喜んでやるが、人見にアゴで使われて、民友社を自分が兄に代わって動かすこともできないことに、自暴自棄になっていた。

また両親のことについても、蘆花の思いは、すべてうまくいかなかった。

蘆花は、兄の不在の間に両親のために逗子に家を建ててやりたいと考えていた。

逗子に家は建てたのだが、母親は東京が大好きで、逗子に引っ込んでいることを嫌い、毎日のように東京の老人会や矯風会に出掛けて行った。母親の周りにはいつも人がいっぱいで、常にそうした中心的存在でいることが大好きな人だった。

そして、蘇峰に対してのみ絶大の信頼を置き、蘆花に対しては使用人の前でも「のろま」と言って罵倒することも度々だった。

蘇峰が書いた『わが母』によると、母親は蘆花と対照的な人だったという。

蘆花は、ここに一大決断をする。

兄との絶交である。

明治三十六（一九〇三）年二月、自費出版した小説『黒潮』第一篇の巻頭に「蘇峰家兄」という絶交書を掲げて、民友社を辞し、兄との関係を絶つのだ。

　狂愚《きょうぐ》の余を君は忍び、怯懦《きょうだ》の余は君に庇《かば》われ、斯《か》くて余は君が翼の下に生い立てり。情義実に如斯《かくのごとし》。当《まさ》に君に随うて地の端にまでも到る可きなり。而して余は君に別を告げ、十有四年の棲遅《せいち》なる民友社を去り、国民新聞と絶てり。何為ぞ然る。（中略）強き君は自ずから力に同情し、弱き余はおのずから弱きに同情す。複雑なる性格の君は、世に処して婉曲を辞せず。単純の余は偏《ひとえ》に直截《ちょくせつ》を好む。経世家《けいせいか》として君は事功の上に立つ、折衷《せっちゅう》譲歩は事を成す者の金誡《きんかい》、君が一隻眼《いっせきがん》は常に利理の抱合点《ほうごうてん》を離れず（中略）余は恩義の重きが故に、何時までも君が旗下《きか》に逡巡《しゅんじゅん》す可き理由あるを見ず。仮令君憐んで余が愚を容れ、余強いて国民新聞の一隅に寄居するも、終に是れ何の要ぞ（中略）別に臨んで、再び顧みて世（余）の眼前に山の如き君が恩義を謝し、敬意を表し、君と君が社中の健康を祈らしめよ。而して斯拙《つたな》き一篇の小説を留別として君が机前に献ぜしめよ。

小説『黒潮』は、『国民新聞』に連載したものだったので、民友社から単行本として出版される予定だった。しかし、それを良しとせず、蘆花は自分で「黒潮社」という出版社を立ち上げ、出版したのである。

小説の内容はともかく、この蘇峰への絶交書ということで、本書はベストセラーになる。蘇峰が怒って、蘆花に対する報復をするのをおもしろがって、待つ人たちも多くあった。

しかし、蘇峰は沈黙したままだった。

『富士』には、国民新聞を辞めると知った蘇峰の妻・静子が、蘇峰に今の気持ちはどうかと訊くと「兄弟は兄弟たい」とだけ答えたということが記してある。

ただ、明治四十（一九〇七）年十月十三日に書かれた「大我《たいが》」（『第九日曜談論』所収）に、蘇峰はこんなことを書いている。

頃ろ文界の奇聞として、世間の噂さを聞くに。ある小説家あり、屢々《しばしば》其の親友、若くは近邇の人を、其の小説の材料に使用するの僻あり。……若し此の如き傾向ありとせば、其の傾向や、決して我が文界の吉兆として、奨励す可きものにあらずと信ず。（中略）其の脇役たるもの、自個交遊の圜内たり。而して其の脚色たるや、楽屋落ちにあらざれば、自個の惚話や、懺悔談に止るとせば。彼等の周旋する天地も、極めて究屈なりと謂わざるを得ず。文学にして、此の如きに止らば、その文学が、蛙鳴《あめい》文学たるは、寧ろ当然のみ。吾人が明治の文壇に、期待する所、決して斯の如きものにあらざる也。

さて、この後、蘆花は明治三十九（一九〇六）年から約一年、ヨーロッパを旅行してトルストイに会うなどして半農生活の影響を受け、帰国後、明治四十（一九〇七）年に東京府北多摩郡千歳村大字粕谷（現・世田谷区粕谷）に転居した。

この頃までは、絶交をしたとは言っても、蘇峰が蘆花に気を遣って、なんとなくうまくいっていたのだが、大正二（一九一三）年の秋、蘇峰が京城（現・ソウルのあたり）に蘆花を迎えた時、蘆花はいきなり気分を害し、挨拶もせずに東京に帰った。以来、蘆花が死ぬ日まで二人は会うことはなかった。

妻への虐待の理由

気分を害した理由は分からない。だが、一九八五年から翌年に掛けて蘆花がつけた大正三（一九一四）年五月から大正八（一九一九年）十二月までの日記が筑摩書房より刊行された。ここには、蘆花の思いが赤裸々に描かれている。

読んでいて驚かされるのは「夜交接」「夜交合」などという言葉が頻繁に出てくることである。言うまでもない、「性交渉」「セックス」のことである。

「母は吾儘で、兄は高慢で、姉は皆ぐづだ」などという言葉も記される。

そして、大正四（一九一五）年三月十九日の日記には、妻・愛子が入院している間に、妻の日記を読んだことが記される。

それは父の葬儀のことが書かれている部分だった。蘆花は、絶交した蘇峰に会わないために父親の葬儀にも出ない。その代わりに妻を遣ったのだった。

蘆花の日記には次のように書かれている。

如何しても細君は兄に牽《ひ》かれて居る、余を愛して居るが、矢張ヨリ強い兄に牽かれて居ると思うて甚《はなはだ》不愉快になる。国民（『国民新聞』）に東京だよりが出ないのを見て、朝鮮に往ったかそれとも病気して居るのじゃないかと思う。万一彼が死に、而して細君までも引張って死に誘いはせぬかと思う。そうすれば、余は正に一人ぼっちの馬鹿を見るのだ。心中黯《くら》く、淋しく、苦く、一切を咀《ママ》〈詛〉いたくなった。

本当に、蘆花は寂しがり屋だったのだ。

そして、このように言葉を続ける。

「兄の咽喉を抉《えぐ》り、掻切りたくなった。然し要するに愛する者が勝つのだ。兄が如何に吾儘したって、おれがおれでさえあればいゝのだ。愛するに遠慮はいらぬ。吾妻を吾愛するに誰が何と云おうぞ。競争者が多い程愛し力があるというものだ」

こういう、兄・蘇峰に対する嫉妬心は、妻・愛子を虐待することによって自分が彼女を征服してしまおうというところまで進んでしまう。

「勿論、誰だってなぐられてよろこぶものはありませんが、いつの間にか私は、主人の発作的な乱暴を堪え忍んでいるうちに、夕立のような痛快なものを感じるようになっていました。

今にして思えば、それが、随分歪められた形ではありますけれども、夫婦愛の最初の目ざめであったかも知れません」（徳富愛子述・神崎清記「蘆花と共に——私の歩んだ道」明治文學全集42　徳富蘆花集）

ところで、驚くべきことが、この日記には記してある。

蘆花の妻・愛子は、結婚した時、処女ではなかった。蘆花はそのことを非常に根に持っていた。

蘆花は、大正三（一九一四）年の夏、居候させていた琴という若い女性を襲おうとして未遂に終わる。

そして、十七歳の玉という使用人に、淫猥な思いを抱き、こんな日記をつけるのだ。


玉、梅（使用人の一人）が挨拶して去ったあと、其方のランプが消えたあと、一二三（これ何を意味するか不明）をつけたあと、無理に細君の衣を捲《ま》くり、最初はBedで、あとは畳の上で淫する。妻の膣は固く、夫の陽は弱く、要領を得ぬ間に射精して了うた。玉に対する予行演習の気もちがした。否、玉をした様な気もちがした。四十九歳の色魔、一方にはまだ気が若いので、一種のはじかみがあって、落着いて快味を取ることが出来ず、遽《あわ》てゝ、気が張って、硬くなり、実際玉をスル時も、少なくも水上げの第一回は屹度《きっと》不得要領の中に射精してしまうだろう。


兄・蘇峰の下で働いていた時我慢していたものを、蘆花は一気に爆発させていく。

しかし、蘆花を、急な死が襲う。

昭和二（一九二七）年、心臓発作で倒れ、療養中に伊香保温泉で亡くなってしまう。

蘇峰は、蘆花が亡くなる一日前の九月十七日に「只今お目にかゝりたし、直に御出を乞う」という電報を受け取り、翌日伊香保へ向かったのだった。

蘇峰は、この時のことを、九月二十三日、青山会館で行われた葬儀の時、「弟を弔するの辞」(『蘇峰自伝』)に記している。

弟は死する時に、私の手を執りまして、後の事はよろしく頼むと申しました。其のよろしく頼むということの中には、少なくとも今日此の場合に私が一言をすると云う事も、加わって居たであろうと信ずるのであります。(中略)世上では兄弟不和などと云う様な話がありましたが、それはそうではないのでございます。全くそれは間違って居る事なのです。不和と云う事は両方からの時に初めて云う事であります。弟は私に対し感心しないこともありましたろうし、不平もありましたろうし、或は近づき、或は遠ざかった事もあるのでありますが、斯く申しまする私は、私が人心付いてから今日に至るまで、弟に対する感じと云うものは毛頭変りませぬ。(中略)不和などと云う事は絶対に無かったのであります。

そして折りにふれ、蘆花がどういう人であったかということを蘇峰は人に話した。

そのエピソードのひとつに次のようなものがある。

弟の極く幼少な時分には、帳面二つ、善人帳と、悪人帳と云うものを拵《こしら》えて、先ず自分の好きな人は善人帳、嫌いな人は悪人帳と云うものに書いて置いた。恐らくは此の善人帳悪人帳の気分は、彼の死に抵《いた》るまで残って居ただろう。彼の著作の中には、自ら善人帳に掲げられた者と、悪人帳に掲げられた者とあって、悪人帳に掲げられた者は、洵《まこと》に不仕合せな者であったかも知りませぬ。

すでに引いたが、蘆花の絶筆は『富士』という小説だった。全四巻、これは妻の愛子と共著で、小説とは言いながら、明治二十七年五月五日の自分と愛子の結婚から明治三十八（一九〇五）年富士登山で人事不省に陥るまでの自伝である。

蘆花は、ここに、蘇峰や両親との関係、民友社のことを細かく記している。まさに兄との「絶交」までに付けた「善人帳悪人帳」を見る如くである。

こう生きて、こう死んだ

徳《と》冨《くとみ》蘇《そ》峰《ほう》

文久三（一八六三）年～昭和三十二（一九五七）年

熊本県の豪農の家の長男として生まれる。本名、猪一郎。同志社英学校中退後、上京。自由民権運動に参加。民友社を設立し、雑誌『国民之友』、新聞『国民新聞』を発刊。青年層から圧倒的な支持を得た。日清戦争後は国家主義に転向。変節と批判されるも、明治、大正、昭和にわたってオピニオン・リーダーとして活躍した。県議会議員の娘、倉園静子と結婚。四男六女をもうける。熱海の別荘で九十四歳で死去。

徳《と》冨《くとみ》蘆《ろ》花《か》

明治元（一八六八）年～昭和二（一九二七）年

蘇峰の弟（四女三男の末子）。本名、健次郎。同志社英学校中退後、蘇峰の民友社の記者となるが、『不如帰』で作家としての地位を確立。その後、兄と対立して民友社を去り、エルサレム巡礼やトルストイ訪問の後、東京郊外で半農生活に入る。心臓発作で倒れ、駆けつけた兄と再会したその夜に死去。醸造家の娘、原田愛子と結婚。二人の間に実子はなく、蘇峰の末子・鶴子を養子にしている。

炎上案件 / 19

山田美妙の竊かに（ひそかに）

文壇をリードした美妙の惨めな最期

——葬儀は会する者
実に廿数名。
一同窃かに面を蔽うて
故人のありし其昔を
偲ぶなりき云云

花一盛、人亦一盛、一頃世に時めきし明治文壇の耆宿山田美妙《やまだびみょう》斎の末路こそ更に哀れなるものにてありき。昨廿六日午後二時秋さびたる染井墓地の一角で執行われたる葬儀は会する者実に廿数名。一同窃《ひそ》かに面を蔽うて故人のありし其昔を偲《しの》ぶなりき云云

（明治四十三年十月二十五日付『東京日日新聞』）

山田美妙の訃報を載せた新聞には、「窃か」と書かれている。

明治時代までは「窃か」は漢文訓読体の文脈で使われ、和文には使われなかった。和文では「ひそ（窃）か」の代わりに「みそか」が使われた。そしてこちらの方は漢字では「密か」と書かれる。

漢字の「窃」の旧字体は「竊」である。これはもともと「盗む」という意味で、人に気づかれないうちに、素早く人のものをとることをいう。「穴」と「両手」を表す「廿」と「米」に穀物を食べる虫である「禼」を組み合わせて作られたもので、「虫が両手を巧く使って米を盗み食いし、穴を開ける」が語源である。

それでは「密」の方はどうであろうか。

この漢字の構成要素のひとつ「必」は、もともと木をしっかりと結んで離れないようにすることを意味する。「隙間なくひっつくこと」である。「宀」が付いて、門や窓、戸など

をぴったり閉めて家の中にいること。そしてこれに「山」が付いて、深い山の中にいるように「ひっそりと家の中に籠もっている」というのが原義である。

美妙の葬儀の参列者たちが、「人知れず盗むように面を蔽っていた」ということではもちろんないだろう。漢文脈の文体として「ひっそり」という意味で書かれた言葉に違いあるまい。

しかし、美妙の人生を調べてみると、彼が女性との関係の中で、大切なものを少しずつ人知れず盗んでいったことが見えてくる。

あるいは、葬儀に集まった人たちは、「密かに」そのことを偲んで話したのではなかったかとも思えるのである。

美妙と尾崎紅葉

山田美妙、本名を武太郎《たけたろう》という。慶応四（一八六八）年八月二十五日、江戸の神田柳町（現・千代田区神田須田町）に旧南部藩士、山田吉雄の長男として生まれた。

一八六八年の生まれといえば、尾崎紅葉《おざきこうよう》の名前が思い浮かぶ。

はたしてこの二人は、まさしく竹馬の友だった。

山田は神田に生まれるのだが、父親が島根県警部長となって赴任することになる。武太郎が四歳の時のことだった。

この時、武太郎は母・よしとともに母の実家である芝神明前（現・港区浜松町）に移り、祖母・ますと母の三人で暮らすことになるのである。

尾崎紅葉の家は、すぐ傍だった。芝中門前町（現・芝大門）である。

武太郎は、尾崎紅葉、本名・徳太郎《とくたろう》のことを「徳ちゃん」と呼んだり、紅葉が「額に横皺を寄せ、口を尖らした格好が蛸入道《たこにゅうどう》に似ている」（塩田良平『山田美妙研究』）ことから「徳蛸《とくたこ》」と呼んでいたという。

これに対して、紅葉は、武太郎の母親が桶屋をしていることから「桶屋の武さん」あるいは「竹馬」と呼んだりしたという。

後年、美妙は『少年世界』（明治三十七年十一月号）に、「紅葉子の幼時」と題し、彼らが七、八歳の頃に一緒に遊んだことを記している。武太郎はすでにこの年頃には『実語教』『童子教』『世界国尽』『孝経』『大学』『論語』などの素読を終えていた。

そして、次々に学校を変えながら、明治十三年一月に、麹町内幸町にあった東京府第二中学に入学する。すると、一級上にいた徳ちゃんこと、尾崎徳太郎と再会するのである。

ただ、徳ちゃんは、まもなく三田英学校に移ってしまう。

美妙は、十二歳頃から漢詩を書いていた。著名な漢学者、石川鴻斎《いしかわこうさい》の門に入り、あまりにも大人びた詩を書いたために、鴻斎から「剽窃《ひょうせつ》」と言われ二度と鴻斎の門を潜らなかったという逸話も残されている。

さて、明治十七（一八八四）年九月、美妙は大学予備門に入学する。

すると、再びここで一級上に、紅葉がいた。

大学予備門は、今の神田一ツ橋にあった。

美妙も紅葉もまだ芝に住んでいて、二人は毎朝一緒に、大学予備門に通いはじめる。

この二人の通学時の会話から、後の日本で初めての同人誌『我楽多文庫』が生まれてくるのである。

紅葉は、この頃、十返舎一九《じっぺんしゃいっく》に、美妙は滝沢馬琴《たきざわばきん》に、それぞれ傾倒していたという。

美妙は『八犬伝』を暗記するほどに読み、さらに『アラビアン・ナイト』やチャールズ・ラム、『アンクル・トムの小屋』などを英語で読んでいた。

軍歌になった詩と言文一致の確立

さて、明治十八（一八八五）年二月、旧制第一高等学校で同級生だった美妙と紅葉、それに石橋思案《いしばししあん》、丸岡九華《まるおかきゅうか》は、集まって硯友社を結社し、まもなく「我楽多文庫」を発行する。

この結社の頃のことは、丸岡九華の「硯友社文学運動の追憶」（もと『初蛙』、岩波書店、新日本古典文学大系　明治編『硯友社文学集』所収）に詳しいが、山田美妙が、美妙斎美妙というペンネームを使い始めたのは、この社の結成から半年後のことであったと記される。

さて、彼らが「我楽多文庫」に寄せた詩が纏められ、明治十九（一八八六）年八月二十一日に『新体詞選』というタイトルで出版される。

まだ十九、二十歳で大学にも入っていない彼らが、共著ではあっても一冊の本を出すことができるなど、誰も考えてもいなかった。出版を引き受けてくれたところは東京麹町区飯田町（現・千代田区富士見町か？）にあった金玉出版会社で、発行は東京神田区今川小路の静岡県士族、田口高朗こと、香雲書屋である。

本書は現在、国立国会図書館デジタルコレクションで読むことができるが、編集人と序文は、東京府、士族山田武太郎（住所は東京神田区鈴木町）とある。

彼らは、この七十頁にも満たない本の出版に歓喜した。

そして、彼らはそれぞれに原稿料一円五、六十銭ずつを得たのである。

この中に「戦景大和魂」という美妙が書いた詩が載っている。

敵は幾万ありとても、すべて烏合《うごう》の勢なるぞ。
烏合の勢にあらずとも、味方に正《ただし》き道理あり。
邪《じゃ》はそれ正《せい》に勝難く、直《ちょく》は曲《きょく》にぞ勝栗の
堅き心の一徹は、石に箭《や》の立つ例《ためし》あり。
石に立つ箭の例あり。などて怖るる事やある。
などてたゆたう事やある。

この詩は、明治二十四（一八九一）年、小山作之助《こやまさくのすけ》によって曲が付けられ、「敵は幾万」というタイトルになって軍歌として広く歌われるようになる。

この一篇は、新しい文学の道を開いたのだ。

はたして、美妙はまもなく明治十九（一八八六）年十月に同じ香雲書屋から単独で『少年姿』という小説を出版する。

紅葉が『二人比丘尼《ににんびくに》 色懺悔』を出したのは明治二十二（一八八九）年四月、石橋思案が『乙女心』を出したのは明治二十二年六月、丸岡九華が『芳李《ボーリーン》』を出したのは明治二十三年二月のことだった。

美妙は、硯友社の同輩に比べて一歩先を歩き始めたのである。

そして、大学予備門を退学する。明治十九（一八八六）年十一月のことだった。

そして、いよいよ『武蔵野』を明治二十（一八八七）年十一月二十日から十二月六日にかけて『読売新聞』に連載する。

この文章こそ、山田美妙の言文一致体「だ」調を世に広めるものだった。

「この武蔵野は時代物語ゆえ、まだ例はないが、その中の人物の言葉をば一種の体《てい》で書いた。この風の言葉は慶長頃の俗語に足利頃の俗語を交ぜたものゆえ大概その時代には相応しているだろう」と、美妙はこの小説のはじめに書いている。

その書き出しはこうだ。

　あゝ今の東京《とうけい》、昔の武蔵野。今は錐《きり》も立てられぬ程の賑わしさ、昔は関も立てられぬほどの広さ。今仲の町で遊客《うかれお》に睨付けられる烏も昔は海辺《うみばた》四五丁の漁師町でわずかに活計《くらし》を立てゝいた。

約百三十年前の文章とは言え、とても読みやすい。

『武蔵野』は、翌明治二十一年に短編集『夏木立』に収録されて一冊の本となる。当時の大手出版社、金港堂からであった。

これが美妙の出世作となった。

尾崎紅葉との決裂

『夏木立』に収録された小説は、『武蔵野』を含めて全部で六篇。『武蔵野』を除いて雑誌『我楽多文庫』と『以良都女《いらつめ》』に発表されたものだった。

『以良都女』という雑誌は、美妙が予備門で親しくしていた中川小十郎が、新しく言文一致の雑誌を作りたいからと話をして、美妙が受けたものだった。

同人には、後に文部官僚となる岡田良平《おかだりょうへい》、その弟で後内務官僚となる一木喜徳郎《いちききとくろう》（旧名・岡田丘平）などがいた。成美社が発行所となり、『以良都女』は女性のための言文一致を目指す雑誌として発売される。

ちょうど、この頃、森有礼《もりありのり》が「男女の文体を一にする方法如何」という懸賞文を大日本教育会に出したばかりのことだった。

それほど売れはしなかったが、美妙はこの雑誌の主幹となり、多忙な日々を送っていた。

そして、この雑誌に載った美妙の文章を読んで、明治二十四年の春頃、のちに妻となる鶴岡出身の女性、田沢稲舟は美妙を訪ねて行くのである。

さて、美妙は、『以良都女』の主幹をしているうちに、『夏木立』を出版した金港堂から雑誌『都の花』の主筆として迎えられることになる。

しかしこのことが、硯友社の仲間、とくに尾崎紅葉と絶交する原因になってしまう。

というのは、美妙は硯友社の社幹でありながら、一向に社に来ることもなく、原稿も寄越さない。『以良都女』や『都の花』にはどんどん原稿を書いているのに、である。

石橋が会いに行っても会おうともしない。紅葉が手紙を書いても返事も寄越さない。

そうこうしているうちに明治二十二(一八八九)年一月『国民之友』三十七号附録に、美妙は「蝴蝶」を発表する。

壇ノ浦の合戦の時、安徳《あんとく》天皇はじつは入水しなかったという古文書が江戸時代に発見されたということを題材にしたこの小説の評判は、決して悪くはなかった。しかし、それ以上に話題になったのは、裸体画がさし絵として使われたことだった。

これが日本で初めての裸体画のさし絵である。描いたのは渡辺省亭《わたなべせいてい》であった。

絶大な人気を誇る『国民之友』に裸体画が出たことについて、鷗外は『読売新聞』に文章を寄せ、ヨーロッパではすでにあることだとしてこれを文明開化と喜んだ。

しかし紅葉は、『我楽多文庫』十五号（明治二十二年一月）に、こんなさし絵を入れるとは何事だという非難文を載せる。そして、『蝴蝶』とさし絵の掲載を許した『国民之友』の徳富蘇峰に対して、「養い親徳富氏に苦しめさせたまいしを不束なることゝは思したまわずや」と詰《なじ》る。

すると美妙は、それを揶揄《やゆ》したような返事を送り、この手紙を『我楽多文庫』に載せるなり破り棄てるなり、お好きにどうぞと返した。

さし絵についての賛否両論はたくさんの新聞、雑誌に掲載され、この議論は二カ月に及んだ。

紅葉と美妙の仲は、こうして決裂してしまうのである。

田沢稲舟との出会い

『国民之友』に『蝴蝶』を書いて、さらに言文一致体の新しい文章に磨きを掛けた美妙の名は、一気に世に喧伝《けんでん》された。

そして、金の廻りもよくなった。

なんと、美妙は、自家用の人力車をさえ買ってそれを引く人も専用に雇っていたのである。

美妙は当時の文壇にあって、筆一本で贅の限りを尽くした男だった。

美妙は、神田平永町（現・千代田区神田須田町）に二階建ての家を買った。

「軒並の町家の中で目立った相当に大きな門構えの二階建で、間数も可成多かったらしい。木口は余り上等とも思わなかったが、左《と》に右《か》く木の香のする明るい新築だった。今と違ってマダ操觚者《そうこしゃ》の報酬の薄かったそのころに三十になるかならぬかの文筆労働者で之だけの家を建築したのは左も右くに成功者であった」と内田魯庵は「美妙斎美妙」に書いている。

家を建てた二年後、美妙が結婚することになる田沢稲舟《たざわいなぶね》が、この家を訪れ、書斎に通される。

「書斎は二階であったが、椅子テーブル式で、クローム画の額や、ブロンズや西洋家具の古道具屋から仕入れたものをゴテゴテ列べ何のツモリか知らぬが弾けもせぬヴアイオリンが壁へ掛けてあった」と、魯庵は記す。

稲舟は、この時十八歳であった。

明治七（一八七四）年十二月二十八日、山形県鶴岡市五日町（現・本町）に士族田沢清、

信夫妻の家に長女として生まれ、本名は錦《きん》と言った。

稲舟の母・信は熱心なクリスチャンであった。厳格ではあったが、使用人なども多くいる大きな家で可愛がられて育った稲舟は、明治二十年六月、鶴岡でも名門の朝暘学校を卒業した。

すると十月には、父親が、稲舟には何の相談もなく、鶴岡の士族・服部正孫を稲舟の夫として田沢家に入籍させたのである。

こんな出会い方ではうまくいくはずもなく、服部正孫との結婚は四ヵ月で破局に終わったが、父親は再び、明治二十一年十一月に、寺岡四郎という男を見つけてきて強引に入籍させる。稲舟がまだ、十四、五歳の時のことである。

明治二十二年、稲舟は十六歳で朝暘尋常小学校高等科を卒業した。

この頃から、稲舟は、美妙が主幹を務める雑誌『以良都女』を読んで東京に憧れを持ち、自分も作家になりたいと思い始める。それは、美妙の『蝴蝶』の文章と、裸体画のさし絵に大きな衝撃を受けたことからである。

夫と認めない稲舟から、寺岡が離縁されたのは、明治二十三年一月十一日のことだった。

まもなく稲舟は、医師になると言って鶴岡を出奔し、本郷にあった済生学舎に通いはじめる。田沢の実家は代々続いた医師だったからである。

しかし医学は、彼女が本当に目指すものではなかった。

勉強にも身が入らず、相変わらず文学書にばかり目をやっていた。

そしてついに、平永町に美妙を訪ねるのである。

美妙はこの時すでに、浅草公園裏の薄茶屋という一種の待合の、石井とめ（留女）という女性と深い関係になっていた。

のみならず、平山静子という別の女性もいて、明治二十四年九月から翌二十五年八月までの日記には、これに加えて田沢稲舟が加わり、「天気」「健康」「食べたものと掛かったお金、車賃」「彼女たちとの性交渉の回数とその良し悪し」が淡々と記される。

例えば、明治二十五年二月には、「Febrary《ママ》（二月）◉16（十六日）錦池《ウスク消》畔鳥ニテ宝」と記されている。他の日がすべて「●」の中でこの日だけ「◉」とされるのは、「錦」こと田沢稲舟と「池畔鳥」つまり不忍池の畔、池之端の「鳥料理屋」に上がり「宝（性交渉）」を行ったことを表したものだった。

こうして、稲舟は美妙から離れられなくなってしまうのだ。

しかし、彼女は鶴岡の田沢家の跡取りとして婿を取らなければならない女でもあった。

田沢家は、加賀前田侯と縁戚関係のある名家だったのだ。両親は、稲舟を何度も連れ戻そうとする。

稲舟は、明治二十八（一八九五）年の春、両親の反対を押し切って、共立女子職業学校図画（乙）科に入学する。ここで家事手芸を習うという名目だったが、掃除や洗濯、針仕事など子どもの頃からしたこともない稲舟には、この学校も苦痛でしかなかった。

しかし、彼女が書いた初めての小説『医学修行』が同年七月号『文藝倶楽部』に掲載される。この掲載によって、田沢稲舟は文壇に名を知られることになる。

これをお膳立てしたのはもちろん美妙であった。だが、明治二十二年ころには文壇の寵児として贅の限りを尽くしていたが、すでに六年が経ったこの頃には、文壇への影響力は残っていたとはいえ、美妙の筆力は落ち、経済的苦境にも立たされていた。

明治二十七（一八九四）年、美妙が囲っていた石井とめが蓄えた千有余円の金を美妙が騙し取ったとして『万朝報』が「山田美妙大詐欺を働く」と報じたが、この時、誰も美妙を救うために動かなかった。

美妙は「留女に近づくことは小説をつくる方便なり」と『万朝報』の暴露に対して答えた。

すると、『早稲田文学』の坪内逍遥が、「小説家は実験を名として不義を行うの権利ありや」と題して、美妙の不義を質す長文の批判を行ったのだった。

尾崎紅葉にも女がいた。しかし、紅葉は弟子の面倒見も良かったし、周りに多くの友人もいて、彼をかばう人たちも多かった。

ところが、美妙には誰一人として友達がいなかった。

彼は、孤独で、ただ、女性と遊ぶことだけで、孤独を紛らわしていたのである。

とうとう、明治二十七年九月には、平永町の豪邸を売り小石川区久堅町に越さなければならなくなっていたほど、生活に窮していた。

稲舟の死と遺作

田沢稲舟との結婚には、こうした苦境を乗り越えるために、田沢家からの経済的援助を当てにする意味もなかったわけではない。

ただ、美妙の方から稲舟を誘ったのではなく、飛び込んで来たのは稲舟の方だった。鶴岡在住の青年が稲舟に恋をし、それを退けるために再度上京して、美妙の家に身を寄せたのである。明治二十八（一八九五）年十二月のことだった。

美妙は、披露宴に必要な金といって、鶴岡の父に宛て、五百円を必要とする手紙を稲舟に書かせている。しかし、田沢からは金は来なかった。

狭い家の中には、美妙夫婦と、美妙の母、そして祖母がいた。使用人でもいればよかったが、使用人を雇う余裕さえ美妙の家にはなかった。家事に酷使されたのは、他でもない稲舟だった。稲舟は母親に助けを求めた。そして結婚からわずか三カ月程で、稲舟は故郷に帰るのである。

しかし、稲舟にはもう多くの時間は残されていなかった。帰郷して半年後の明治二十九（一八九六）年九月十日、稲舟は亡くなる。急性肺炎とされたが、自殺ではないかとも噂された。

稲舟の死後、発見された『五大堂』という小説がある。

小説の主人公は、明らかに美妙であった。

女たらしで冷酷で、軽薄でキザ、借金にまみれていながら見栄っ張りで孤独……稲舟は美妙をこんな男として観ていたに違いなかった。

はたして、美妙は、稲舟との離婚から二カ月後には西戸カメという女性と結婚する。

文壇は、またしても美妙を叩いた。

美妙には、もう小説を書く力はなかった。

細々と『大辞典』を編纂し、咽頭癌腫に罹り、明治四十三（一九一〇）年十月二十四日、母と妻、三男一女を残して世を去るのである。

享年四十二であった。

こう生きて、こう死んだ

山田美妙《やまだびみょう》

慶応四（一八六八）年～明治四十三（一九一〇）年

東京に、旧南部藩士の長男として生まれる。本名、武太郎。大学予備門中退。在学中に尾崎紅葉らと文学結社硯友社を結成し、雑誌『我楽多文庫』を発行。言文一致体の先駆となった『武蔵野』などで一躍人気作家となるが、紅葉らと反目して硯友社を脱退。新体詩、戯曲、評論でも活躍するが、やがてマンネリズムに陥り、以降、創作活動はふるわなかった。弟子の田沢稲舟と結婚するも、離婚して稲舟は帰郷。その二カ月後に日本橋の歌妓、西戸カメと結婚。稲舟の死が報じられると美妙は非難され、さらに文壇から孤立。後年は作家として不遇の時代を過ごし、『日本大辞書』『大辞典』などを編纂して糊口をしのいだ。『日本大辞書』は日本で初めてのアクセント付き国語辞典であり、その後の日本語のアクセント研究に道を開いた。耳下腺癌腫により死去。代表作に『夏木立』『蝴蝶』『この子』『いちご姫』など。

炎上案件 / 20

島崎藤村の別離（べつり）

教え子との実らなかった恋

——別れとは悲しきものといいながら
旅に寝ていつ死ぬらむと問う勿れ。
よしやよし幾千年を経るとても、
花白く水の流るるその間、
見よ見よわれは死する能はず

別れとは悲しきものといいながら
旅に寝ていつ死ぬらむと問う勿《なか》れ。
よしやよし幾千年を経るとても、
花白く水の流るるその間、
見よ見よわれは死する能《あた》はず。

（宮本吉次『文壇情艶史』所収、島崎藤村「別離」）

明治二十五（一八九二）年、島崎藤村《しまざきとうそん》の二度目の恋。それは女学校の自分の生徒に対して抱いたものだった。藤村はこの恋の重さに堪えきれず、旅に出るといって、学校を休職することにして、相手の女生徒のいる最後の授業に臨み、この詩を書くのである。

タイトルは「別離」という。

「別離」とは、「わかれ」とも言えるが、「別れ」とは言っても「離れ」とは言わない。また、「離別」という言い方もある。

「別離」とは、本当にはどういう意味の言葉なのだろうか。

「別」の右側はもともと「咼」と書かれていた。これは、二つの骨が関節のところで組み合わさっていることを表し、「グルグル回ること」、または「穴が空いていること」の二つを意味した。たとえば「渦」という字は「グルグル回る」という意味で「咼」が使われている。それに対して「鍋」は、「穴が空いている」という意味で「咼」が使われている。

さて、「別」という字の右側は「刀」あるいは「ナイフ」など刃物のことで、これは関節で二つの骨がうまく組み合っているところを、刃物で切り裂き、バラバラにしてしまうことを表す。

それでは「離」はどういう意味だろうか。

「离」は大蛇を言い、「隹」は小鳥を言う。これは、もともとは「大蛇が小鳥を捕らえて食べてしまうこと」を言った。ここから「本来あったもの」あるいは「本来いたもの」が、いなくなってしまうことを表す「わかれ」を意味するようになった。

「別離」とは、「何かの原因で人と一緒にいられなくなり、片方の人がその人の前から姿を消すこと」をいうのである。

さて、藤村が恋する女生徒の前にいられなくなり、旅に出た理由は何だったのか。またこの恋の結末はどうなったのであろうか。

＊

女学校の教壇へ

明治女学校というプロテスタントの牧師、木村熊二《きむらくまじ》が明治十八（一八八五）年に創設した女学校があった。初めは九段下牛ヶ淵（現・千代田区飯田橋）にあったが、明治二十五（一八九二）年に校舎を麹町区下六番町（現・千代田区六番町）に移し、生徒数三千人に及ぶ学校に成長した。この頃、創立の発起人のひとりである巌本善治《いわもとよしはる》（一八六三〜一九四二）が校長を務めていた。

巌本は、木村に洗礼を受けてキリスト教徒となり、女子の教育に力を尽くすために『女学雑誌』を創刊するなど編集の事業にも携わっていた。

藤村も、共立学校（現・開成高校）の時の恩師である木村熊二に影響を受けて、巌本同様、木村から洗礼を受けてキリスト教徒となっていた。

こうした縁から、藤村は、九つ年上の巌本にも面識があり、明治学院本科（現・明治学院大学）を出た後、巌本が発行していた『女学雑誌』の仕事をさせてくれないかと手紙を書いたのだった。

明治二十五（一八九二）年藤村が二十歳の時のことである。

巌本からはさっそく返事があった。

雑誌の編集を手伝ってくれれば月給十円をくれるという。

さて、藤村は、まもなく巌本から授業を持つようにと言われる。

そして、藤村は、悲劇に終わる恋を患《わずら》うことになるのである。

この恋の行方を生徒の立場から見ていた相馬黒光は、『黙移』という自伝にその頃のことを記している。

相馬黒光はインドカリーで知られる新宿中村屋を創設した人としても広く知られる女性であるが、明治女学校では藤村の授業を受けていた。

黒光は明治九（一八七六）年、仙台に生まれた。そして宮城女学校を退学し、横浜のフェリス英和女学校（現・フェリス女学院中学校・高等学校）に転校し、その後、明治二十八（一八九五）年、十九歳の時に藤村のいる明治女学校に来たのだった。

この時、藤村は二十三歳になっていた。

『黙移』には「島崎先生の講義ぶり」という一節がある。

「私はここに来て英文学を島崎先生に教わりましたが、残念ながらその講義はちっとも面白くありませんでした」と黒光は記す。

黒光だけではなく、周りの生徒も「ああもう先生は燃え殻なのだもの、仕方がない」と不平を漏らしていたという。

「仕方がない」と女生徒が言ったのは、藤村には、「燃え殻」にならざるを得ない理由があって、それをみんなが知っていたからである。

それは、藤村が二度目の恋に破れ、相手の女性が許婚と結婚してまもなく亡くなるということがあったからだった。

相手は佐藤輔子《さとうすけこ》という、花巻出身の女性で、黒光にとっては先輩であった。

「雪国の人らしくほんとに色が白く、頬がさくら色をして、ぱっちりとしたうるおいのある眼が当時の世間の好みとしてはやや大きすぎるくらい、その眼がひとしおその人の印象を深くしました。背もすらりとして、心立てもその通り、富も理解もある家庭にのびのびとして育った人の素直な優しい性格」（相馬黒光『默移』）の人だったという。

藤村は、この輔子にひと目惚れしてしまう。

漂泊の旅と愛欲の日々

さて、輔子は麹町の姉の家に寄寓していた。

そこには、松井まん（のち、星野天知《ほしのてんち》の妻）と佐藤機恵子《さとうきえこ》（のち、山室軍平《やまむろぐんぺい》の妻）も一緒に住んでいた。二人とも輔子と同じく花巻の出身だったからである。

松井まん（「万」とも）は明治女学校で心理学、漢文、薙刀を教える星野天知に恋をしており、佐藤機恵子は救世軍の山室軍平に想いを寄せていた。

藤村が輔子に恋をしているということを見抜いたのは、松井まんだった。

この年ごろの恋する女性は、先生の視線などを敏感に読みとるものなのだろう。

まんは、それを同じく明治女学校の女生徒だった星野天知の妹に告げた。

星野の耳にそれが入るのは当然だった。

星野は藤村に、「声のない哀しみを湛《たた》えた君のこの頃に、心をひかれないものがあろうか。君の周囲にあるものは、何事も知らないものばかりだと思うか」という手紙を書く（星野天知『黙歩七十年』）。

藤村の輔子への恋は皆の知るところとなっていた。

藤村は、教師としてここに止まることができないと言って漂泊の旅に出る。

今ならどうなのだろう。高校の先生と生徒の恋が実らないということもないのではないだろうか。

はたして藤村がこういう逃げ方をせず、この時、輔子に恋を打ち明けていたら、もしかしたらいろんなことが変わっていたかもしれない。

しかし藤村には、きちんとした形で輔子に恋を告白する勇気はなかった。

星野は、明治女学校を休職するという藤村に、旅先で困るようなことがあったら神戸にいる広瀬恒子という女性を訪ねればいいと言って、紹介状を書いてくれた。広瀬恒子は、藤村の『春』に「峰子」という名前で出てくる女性である。同志社を出て、明治女学校の高等科に入学した恒子は頭脳明晰で、明治二十三年の秋からは教師として明治女学校の教壇に立っていた。

恒子はそこで星野天知と深い関係になったが、星野が恒子のことを鬱陶しく思ったことから、明治女学校にいられなくなり、神戸に戻ることになったのだ。

さて、西に足を進め、星野に紹介された恒子のところに行った藤村は、しばらくそこに滞在することになる。

藤村に会って一日二日もすると、恒子の態度は「急にその眼は光を帯びてきた。どうかすると涙に濡れて、独り棲みの寂寞《せきばく》を嘆くかのように見えた。もう姉さんらしい眼ではなかった」（宮本吉次『文壇情艶史』）というようになる。

こうして藤村は、十数日、恒子との愛欲にまみれたのだった。

そんなある日、藤村は、自分には輔子という好きな女がいるのだと、恒子に告白する。

輔子は、恒子が明治女学校で教えていた時の生徒で、ときどき恒子に手紙を送ってきていた。恒子は、藤村の告白を聞くと、すぐに輔子に手紙を遣って、自分と藤村がねんごろの仲なのだと知らせてしまった。

藤村は、恒子との愛欲に浸りながら、輔子のことを忘れることはできなかった。

やがて東京に帰るべき時が来る。しかし、東京に戻っても、明治女学校に戻る勇気もない。築地にいる戸川秋骨《とがわしゅうこつ》のところに居候をすることにすると、秋骨は九月の新学期から明治女学校の高等科で英語と哲学史を教えることになったという。

そこで、ある日、藤村は、輔子に秋骨の下宿に来てもらって会うことができないか、頼んでもらえないかと秋骨に依頼した。

こうして藤村は、輔子に会うことになるのである。

悲劇的な最期

詩人で、明治大正昭和初期の文壇の裏側をよく知っていた作家、宮本吉次の『文壇情艶史』によれば、その二人きりでの場面は次のようだったという。

輔子は着ていた羽織を暑苦しそうに脱いで、しずかに壁ぎわに坐った。藤村は洗いざらしの白い単衣《ひとえ》に角帯《かくおび》をしめたみすぼらしいなりで、秋骨の従姉妹が持ってきたお茶をすすめながら語り出した。

彼はまず、神戸における恒子との関係を話してから、

「あなたにすまないと思っています」

といった。すると輔子は、

「すまないとお思いなるんですか」

と、やわらかに抗弁した。そして、

「私は先生をお慕い申していますが、すでに親がさだめた許婚者があり、それゆえ悩んでいます」

と打ち明けた。

「よい人だそうですね。私も一度お目にかかりたい」

「会ってごらんなすったらよいでしょう」

藤村は、輔子が自分を思っているということ、しかし、その思いに対して自分に何もできないことを恥じて、再び旅に出てしまうのだ。今度は、東北への旅だった。

輔子が少女時代を過ごした一関にもしばらく身を置き、輔子への思いを強くする。

明治二十八（一八九五）年五月二十九日。輔子の祝言が、水戸市信願寺町で挙げられた。

ところが、この約三カ月後の八月十三日、輔子は札幌の病院で亡くなってしまうのだ。

藤村の『春』百四には、輔子の姉・一条トクが、親友の松井まん（すでにこの時には星野天知の妻）に宛てた輔子の最期を認めたとされる手紙が引用されている。

それによれば、七月二十日頃から輔子は具合が悪くなり、病院に入院した。

妊娠のため――ツワリとかが烈しく、自然に体の弱りしため心臓病を引起せしとのことに有之《これあり》、それに神経の鋭敏なるためむつかしきよし申され候。

（『春』）

輔子は、亡くなるまで戸川秋骨のところで藤村にもらった藤村の写真を大事に持っていたという。

輔子の死後、藤村は文学者としての道を歩み始める。『若菜集』『落梅集』はもちろん、『春』『桜の実の熟する時』『新生』などに輔子への念《おも》いは深く綴られている。

今、木曽馬籠の藤村記念館には、輔子が明治二十五（一八九二）年九月から十二月末まで書いた、藤村への想いをとうとうと記した日記が保管されている。

藤村はこの日記を見ることはなかった。

こう生きて、こう死んだ

島崎藤村《しまざきとうそん》

明治五（一八七二）年〜昭和十八年（一九四三）年

岐阜県に本陣、問屋、庄屋を兼ねる旧家の四男として生まれる。本名、春樹《はるき》。明治学院本科（現・明治学院大学）卒業。在学中にキリスト教の洗礼を受ける。明治女学校教師として教鞭をとるかたわら、創作活動を行い、北村透谷《きたむらとうこく》らの『文學界』創刊に参加。詩集『若菜集』で浪漫主義詩人として出発。『若菜集』所収の「初恋」は、幼なじみとの淡い初恋を詠んだもの。後に小説『破戒』で自然主義文学の作家としての地位を確立。最初の妻、秦冬子とのあいだに七人の子をもうけるが、妻の死後、家事手伝いとしてやってきた姪のこま子との恋愛に苦しみ渡仏。帰国後その一部始終を描いた『新生』を発表。その他、長男の帰農を描いた『嵐』や、国学者であり、日本の近代化に苦しみ精神を病んで座敷牢で死亡した父の正樹をモデルに描いた『夜明け前』など。五十六歳の時に藤村創刊の雑誌の編集者で二十四歳年下の加藤静子と再婚。日本ペンクラブの創立に参加し初代会長を務めた。脳溢血のため死去。

※引用した文章や用語の中には、今日の人権意識に照らせば不適切と思われる表現が使用されている箇所がありますが、文献としての価値や時代性を重んじ、原文のままといたしました。

山口謠司（やまぐち ようじ）

一九六三（昭和三十八）年、長崎県佐世保市に生まれる。大東文化大学文学部中国文学科教授。中国山東大学客員教授。博士（中国学）。大東文化大学文学部卒業後、同大学院、フランス国立高等研究院人文科学研究所大学院に学ぶ。ケンブリッジ大学東洋学部共同研究員などを経て、現職。専門は、文献学、書誌学、日本語史など。イラストレーター、書家としても活動。『ん―日本語最後の謎に挑む―』（新潮社）、『心とカラダを整える おとなのための1分音読』（自由国民社）、『文豪の凄い語彙力』（さくら舎）など著作多数。『日本語を作った男　上田万年とその時代』（集英社インターナショナル）で第29回和辻哲郎文化賞受賞。

装丁・本文デザイン　ＡＰＲＯＮ（植草可純、前田歩来）
装画・本文イラスト　三浦由美子

炎上案件《えんじょうあんけん》 明治《めいじ》／大正《たいしょう》 ドロドロ文豪史《ぶんごうし》

二〇二一年一月三一日 第一刷発行

著者 山口《やまぐち》謠司《ようじ》
発行者 岩瀬朗
発行所 株式会社 集英社インターナショナル
〒一〇一-〇〇六四
東京都千代田区神田猿楽町一-五-一八
電話 〇三（五二一一）二六三二
発売所 株式会社 集英社
〒一〇一-八〇五〇
東京都千代田区一ッ橋二-五-一〇
電話 読者係 〇三（三二三〇）六〇八〇
販売部 〇三（三二三〇）六三九三［書店専用］
印刷所 大日本印刷株式会社
製本所 ナショナル製本協同組合

ISBN978-4-7976-7394-4 C0095